이계
CASTLE OF
ANOTHER WORLD
마왕성

이계마왕성 6

강한이 장편 소설

초판 1쇄 찍은 날 § 2013년 3월 12일
초판 1쇄 펴낸 날 § 2013년 3월 19일

지은이 § 강한이
펴낸이 § 서경석

편집부장 § 권태완
편집책임 § 어정원

펴낸곳 § 도서출판 청어람
등록번호 § 제1081-1-89호
등록일자 § 1999. 5. 31
어람번호 § 제1-1559호

주소 § 경기도 부천시 원미구 심곡2동 163-2 서경B/D 3F (우) 420-822
전화 § 032-656-4452 팩스 § 032-656-4453
http://www.chungeoram.com
E-mail § chungeorambook@daum.net

ⓒ 강한이, 2012

ISBN 978-89-251-3206-8 04810
ISBN 978-89-251-2913-6 (세트)

※ 파본은 구입하신 서점에서 교환하여 드립니다.
※ 저자와 협의하여 인지를 붙이지 않습니다.
※ 이 책은 도서출판 청어람과 저작자의 계약에 의해 출판된 것이므로,
   무단 전재 및 유포·공유를 금합니다.

CASTLE OF ANOTHER WORLD

6

FUSION FANTASTIC STORY

강한이 장편 소설

이계 마왕성

목 차

1장 새로운 출발   7

2장 좋은 사람   49

3장 보관소   87

4장 도서관   109

5장 변경된 보상의 행방   143

6장 집   179

7장 폭격   233

8장 외도   263

화보부록   307

제1장
새로운 출발

이계
마왕성

⋈

〈현 마왕성 개발 현황:개요〉

―마왕성(Lu.5)

―던전관리소(Lu.3)

―공작소(Lu.2)

―의뢰소(Lu.1)

―정령계약소(Lu.1)

―속성학습실(Lu.1)

―크리쳐관리실(Lu.1)

―속성수련실(Lu.1)

"공손채……."

채빈이 고개를 주억거리며 그녀의 이름을 되뇌었다.

바람이 일순 강해지고 있었다. 저만치에서 나뒹굴던 종이컵이 발치 앞까지 다다라 있었다.

채빈은 허리를 굽혀 종이컵을 주워 들고 휴지통을 향해 던졌다. 깔끔하게 골인이었다.

"예쁘네."

"뭐?"

"이름이 예쁘다고."

"……."

"그런 말 들어본 적 없어?"

연호제가 아래로 얼굴을 떨어뜨렸다. 익숙하지 않은 말이었다. 아주 오래전, 큰언니에게는 몇 번인가 들어본 적이 있었던 것도 같다.

하지만 그 기억도 지금에 이르러서는 곱씹을수록 가물가물하기만 할 뿐, 전혀 실감이 나질 않았다.

'예쁘다니, 내가?'

어떻게 반응해야 할지 알 수 없는 몸은 그저 쭈뼛거리기만 했다.

그런 채로 서서 연호제는 한동안 침묵으로 입술만 달싹인 끝에 어렵사리 땅을 내려다보며 입을 열었다.

"하지만……."

"어?"

"그대는… 연호제라고 불러주었으면 한다."

연호제가 고개를 들었다. 마주친 두 사람의 시선 속에 서로의 얼굴이 담겨 있었다.

다소 멍해진 채빈의 얼굴. 그리고 억지스럽게 표정을 굳힌 연호제의 얼굴.

"연호제?"

"사정상 지금 사용하고 있는 이름이다."

"그런가……. 알았어."

채빈이 고개를 끄덕였다.

사연이 궁금하지 않은 건 아니었다.

왜 입에 착착 붙는 예쁜 본명 대신 가명을 쓰는지 물어보고 싶었다.

그래도 굳이 캐묻지 않기로 했다. 누구에게나 저마다의 사정이란 게 있을 테니까. 게다가 이 여자나 내가 처해 있는 입장이 어디 평범한가.

거기까지 생각하다 말고 채빈은 한숨을 뽑았다.

휘이이잉.

침묵 속에서 바람이 한결 냉랭해졌다. 어딘가 따뜻한 곳으로 자리를 옮겼으면 좋겠다고 채빈은 생각했다.

막 제안을 하려는 찰나, 연호제가 벤치에서 몸을 일으켜 세웠다.

"그리고······."

연호제가 무엇인가를 더 말하려는 듯 입을 열고 있었다. 그와 거의 동시에 이번엔 채빈의 주머니에서 핸드폰이 몸을 떨기 시작했다.

"아, 미안. 잠깐만."

채빈이 주머니에서 핸드폰을 꺼내 들었다. 그러나 액정을 확인한 순간 채빈은 손가락을 멈추고 눈살을 찌푸렸다. 재경으로부터 걸려온 전화였던 것이다.

'어쩌지.'

재경과는 일부러 꽤 오랜 기간 연락을 피해오고 있었다. 채빈은 전화를 받고 싶지 않았다.

오도카니 서서 망설이고 있노라니 연호제가 이상하다는 듯이 두 눈을 게슴츠레 떴다.

"그건 뭐지?"

"어?"

연호제의 가늘고 긴 손가락 끝이 채빈의 핸드폰을 정확히 가리키고 있었다.

"지금 그대의 손에 들려 있는 것 말이다."

"이거? 핸드폰이지."

"…핸드폰?"

"어, 핸드폰. 몰라?"

"오가면서 사람들이 가지고 있는 비슷한 걸 몇 번 보기는 했다만 자세히는……."

연호제가 고개를 내저으며 말끝을 흐렸다. 그제야 채빈은 연호제가 이계에서 온 사람이라는 사실을 새삼 떠올렸다. 재경의 갑작스런 전화 때문에 잠시 경황이 없어 깜박하고 잊었다.

"미안, 당연히 모르겠지. 잠깐만 기다려. 설명해 줄게."

손안에서 계속 몸을 떨어대는 핸드폰부터 조용하게 만들어야 했다.

채빈은 아예 배터리를 빼려고 핸드폰을 두 손으로 움켜잡았다.

'아니, 이건 안 좋아.'

한 손을 거둬들이며 채빈은 생각했다. 연락을 안 해도 너무 오래 안 했다.

슬슬 한 번은 통화를 해두는 편이 나을 거란 생각이 들었다. 적정선을 넘기면 훨씬 귀찮은 일이 벌어지게 될지도 모른다.

예를 들면 집으로 찾아온다거나…….

결국 채빈은 재경의 전화를 받고 말았다.

"어, 누나."

채빈이 연호제의 기색을 힐끔 살피며 전화를 받았다. 태연하기 그지없는 채빈의 목소리에 반해 당장에 성이 잔뜩 올라간 재경의 목소리가 날아들었다.

―어, 누나? 어쩜 첫마디가 그렇게 태평할 수가 있어?

"내가 뭘."

―살아 있긴 했던 거니?

"살아 있지, 그럼."

―너 정말……! 혹시 무슨 일 있었던 거야?

"아무 일 없어."

―근데 어떻게 이렇게 연락이 안 될 수가 있어?

"그냥 좀."

―그냥 좀 뭐?

"좀 바빴어."

―무슨 일로 그렇게 바빴는데?

"다 말하려면 길어."

―간단하게라도 얘기해 봐. 걱정되잖아.

"걱정할 일 전혀 없다니까 그래."

―아무래도 안 되겠어. 겨우 통화됐는데 그냥은 못 넘기겠다. 이따가 만나서 얘기하자. 오늘 저녁밥 해줄 테니까 가게

로 와. 응? 지금 장 보고 있어.

"그게, 어려운데."

귀찮은 기색으로 짤막하게 대답하는 내내 채빈의 두 눈은 콘크리트 바닥의 균열을 의미없이 쫓고 있었다. 점점 바람이 차가워져 살갗에 소름이 돋았다.

눈앞에는 자신의 수상쩍은 거동을 주시하고 있는 이계의 여자가 서 있었다. 머릿속은 마왕성의 문제로 지끈지끈거리고 있었다.

그래서 채빈은 빨리 전화를 끊고 싶었다. 재경의 관심이 겉치레가 아니라는 걸 누구보다도 잘 알고 있었다. 그녀의 진심에는 언제나 고마워하고 있었다. 하지만 이 상황은 그런 것과는 별개의 문제였다.

생각 끝에 채빈은 거짓말을 했다.

"오늘 고향에서 아는 형이 올라와서 좀 만나야 돼."

―아는 형?

"그 붕어빵 소스 떼다 준다는 형 있잖아. 오늘 만나기로 했어. 그래서 오늘은 안 되겠고 내가 조만간 가게로 놀러갈게. 미안해, 누나."

필요하다고 생각되는 거짓말에 죄책감은 없었다. 아는 형을 만난다는 채빈의 말에 재경도 더는 고집을 부리지 못했다.

―그럼 어쩔 수 없네……. 보고 싶었는데.

아쉬움 어린 몇 마디를 덧붙인 끝에 재경은 마지막으로 확인하듯 덧붙였다.
―꼭 전화해야 돼. 기다리고 있는다?
"알았어. 감기 조심해."
―너도.
전화가 끊겼다. 채빈은 내려가 있던 어깨를 펴고 심호흡을 했다. 눈앞엔 연호제가 아까의 모습 그대로 가만히 서 있었다.
설명을 기다리는 그녀의 두 눈이 흥미를 머금은 채 반짝이고 있었다.
"이건 전화라는 거야."
채빈이 핸드폰을 내밀며 말했다.
"전화?"
건네받은 핸드폰을 내려다보며 연호제가 되물었다. 채빈이 뒷머리를 긁적이며 생각나는 대로 설명을 시작했다.
"그러니까, 목소리를 전달해 주는 장치야. 너와 내가 아무리 멀리 떨어져 있어도 이게 있으면 대화를 할 수가 있는 거지."
"전음 같은 건가? 천리지청술?"
"천리… 뭐? 그게 뭔데?"
"내공으로 청각을 극한까지 끌어올리는 신공이다. 백장 밖의 나뭇잎 떨어지는 소리도 들을 수 있지."

 채빈이 혀를 내둘렀다. 백장 밖의 나뭇잎 떨어지는 소리라니! 과학이 무조건 압승이 아니라는 생각이 들었다.

 "그런 것도 있구나……. 근데 그거랑은 달라. 그건 무공의 일종이잖아. 이건 그런 게 아니라 그냥 기계야, 과학이라고."

 연호제는 쉽사리 이해가 가지 않는 눈치를 보였다. 채빈은 인터넷에 전화를 검색해서 보이는 대로 이것저것 설명을 보충해 댔다. 연호제는 묵묵히 듣고 있다가 채빈의 말이 끝나자 핸드폰을 되돌려 주며 고갯짓을 해 보였다.

 "절반쯤은 이해했다."

 "다시 한 번 설명해 줄게."

 "그럴 것 없다. 이해가 되지 않은 나머지 부분은 시간이 날 때 스스로 알아보도록 하지."

 "어떻게? 한국어 못하잖아."

 "조금씩 공부하고 있다."

 "진짜?"

 "필요해질 때가 생길 것 같아서 말이지. 그대와의 인연도 있고."

 "직접 공부하는 거야? 교재 같은 걸로?"

 "그렇지. 서당에 갔었다."

 "서당? 아, 서점 말이지. 근데, 던전에서 언어에 관한 마법서는 보상으로 나온 적 없었던 거야?"

"유감스럽게도."

"그렇구나."

연호제가 텅 빈 하늘을 올려다보았다. 침묵이 채빈과 그녀의 사이를 바람과 함께 가로질렀다. 무표정해진 연호제의 얼굴에서 슬슬 돌아가겠다는 기미가 엿보이고 있었다.

채빈은 괜스레 초조해져 핸드폰으로 시간을 확인했다. 아직 하고 싶은 얘기가 잔뜩 남아 있었다.

"일단 밥이나 먹으러 갈까?"

"배고프지 않다."

"그럼 차라도 한잔해. 어디 따뜻한 데로 장소 옮길까?"

채빈이 거듭 제의했지만 연호제는 즉각 고개를 내저을 뿐이었다.

"오늘은 이만 돌아가겠다. 정리할 것이 있어서."

"아쉬운데."

"동료가 되었으니 앞으로 잘 부탁한다."

"그래, 나도."

차갑게 할 말만을 이어가는 연호제가 조금 얄미웠지만, 채빈은 그냥 그렇게만 대답하고 말아버렸다.

"주소를 알려줄 수 있겠는가."

"주소?"

"그대를 만나기 위해 매번 동물원에 사고를 일으킬 수는 없으니까. 앞으로는 편지를 쓰겠다."

연호제가 품에서 노트와 볼펜을 꺼내 내밀었다.

채빈이 두 손을 내저으며 대답했다.

"이런 짓 할 필요 없어."

"꼭 집이 아니더라도 연락을 받을 수 있는 곳이면 된다. 아직 그대는 나를 완전히 신뢰하지 못하고 있을 테니까."

"그런 생각을 한 건 전혀 아니거든? 편하게 핸드폰을 사준다고. 이거 말이야."

채빈이 자기 핸드폰을 연호제의 두 눈 앞에 들어보였다.

"내 명의로 하나 더 개통하면 돼. 너한테도 이게 있으면 아무리 멀리 떨어져 있어도 버튼 하나로 대화할 수 있어."

"천화지에서도?"

"아니… 잠깐. 같은 지구에서만이야. 네가 천화지에서 지구에 있는 내게 전화를 걸면 통화할 수 없어. 그러니까 그… 통신망의 문제라는 게 있어."

"그런가. 그렇다면 그대와 내가 같은 천화지에 있다면?"

"그것도 안 돼. 이건 기계야. 목소리를 전해주는 전송시설이 지구에만 설치돼 있어. 천화지엔 그런 거 없잖아. 무조건 우리 둘 다 지구에 있어야만 통화할 수 있어."

"으음."

"어쨌든 이게 있으면 훨씬 편하지 않겠어? 네가 나와 만나고 싶다면 핸드폰을 들고 지구로 일단 오는 거야. 그리고 나한테 전화를 걸면 그 즉시 대화할 수 있는 거지. 편지를 쓰고 보내고, 나는 그걸 또 며칠이 지나 받게 되고 그런 구닥다리 방식하고는 비교 자체가 불가능하다고."

"사용법은 간단할까?"

나직이 묻는 연호제의 얼굴엔 약간 겁먹은 기색이 어려 있었다. 자기 세계에서는 접하지 못했던 첨단의 문물을 다루기에 앞서 두려움을 느끼고 있는 것이다. 이 여자에게도 귀여운 구석이 있었구나. 채빈은 속으로 웃음을 참고 말을 이었다.

"간단해. 내가 이런 스마트폰보다 훨씬 다루기 쉬운 걸로 구해줄게. 키패드가 달려 있는 게 편할 거야, 아마."

"…솔직히 그대의 말을 제대로 알아듣기 어렵다."

"그렇겠지. 여기 사람이 아닌데. 그리고 지금은 몰라도 돼. 일단 핸드폰 받고 다시 얘기하자. 며칠 뒤에 받으러 다시 와."

"언제 오면 되지?"

채빈이 머리를 들고 잠시 생각했다.

"흠, 여유 있게 사흘 뒤? 사흘 뒤 정오에 여기서 다시 만나는 건 어때?"

"문제없다."

"오케이."

"오케이?"

"아, 문제없다는 뜻이야."

"사례는 얼마나 하면 되지?"

"무슨 사례? 됐어."

"불필요한 신세를 지고 싶진 않다."

"정말 됐다니까."

채빈이 추위를 피해 옷 속으로 몸을 움츠리며 대답했다. 이제는 가만히 서 있기가 버거울 정도였다. 연호제가 채빈의 고통을 눈치채고 한 걸음 뒤로 물러섰다.

"그럼 이만, 사흘 뒤에 오도록 하지."

"조심해서 가."

"그대도."

일단 돌아선 연호제는 무척 빠른 걸음으로 멀어져 갔다.

순식간에 그녀의 뒷모습이 건물 너머로 삼켜졌다. 운디네와 프라이어가 정령의 모습으로 채빈의 양어깨 위에 모습을 드러내고 있었다.

운디네가 말했다.

―난 어쩐지 믿음이 가는걸. 자기 이름이랑 상황이랑 사는 곳까지 먼저 다 말한 것도 그렇고.

채빈은 속으로 조금 놀랐다. 운디네가 누가 됐든 여자에 대해 이토록 좋은 평가를 내리는 일은 드물었으니까. 연호제에게 여성적인 매력이 부족한 점이 그 이유일까 하고, 채빈은 문득 생각했다.

프라이어가 빛을 깜박이며 운디네의 말을 받았다.

―그런 것들이야 거짓말로 꾸며댈 수도 있겠지. 하지만 지금까지 겪은 상황들을 종합해 보면 나 역시 신뢰가 간다. 형님과 연결된 건 좋은 일이라고 생각해. 천화지의 대리자와 손을 잡게 되기라도 한다면 그건 그거대로 큰일이니까. 일단은 더 지켜봐야겠지만.

―잘난 척하긴.

채빈이 추위에 치를 떨며 주차장 쪽으로 걸음을 재촉했다.

두 정령이 대화를 멈추고 채빈을 뒤쫓아 몸을 날렸다.

―돌아가시게요?

"가야지. 아오, 이렇게 추운데 또 스쿠터를 몰고 돌아가야 한다는 게 말이 안 돼."

―택시 타세요, 주인님.

"됐어. 것보다 밥부터 먹고 핸드폰 하나 사야겠다."

―대리점에 들르실 건가요?

"내가 호구냐? 대리점에서는 안 돼. 몇 년 약정에 요금제 이렇게 쓰면 공짜라고 말하지만 실상은 엄청난 손해라고. 순 거짓말쟁이들 같으니라고. 중요한 건 할부원금이야."

―할부원금?

"그래, 그러니까 주인이 무슨 설명을 하든 말든 바로 물어보면 되는 거야. 핸드폰 할부원금이 얼마냐고. 십중팔구 바로 정색하고 입 다물걸."

―마법의 주문이네요. 그럼 어디서 사시려고요?

"뽐뿌라고 인터넷 사이트 있어. 거기서 사면 돼. 딱히 좋은 거 필요하지도 않으니까 대충 보고 사야지."

날듯이 스쿠터를 달려 돌아온 동네로 돌아온 채빈은 종종 가는 식당에서 순댓국부터 먹었다. 뜨거운 국물에 밥 한 그릇을 뚝딱 먹고 나니 비로소 기운이 솟았다. 속이 든든해지자 추위도 사라졌다.

"좋네."

식당을 나와 스쿠터 앞으로 가면서 채빈이 말을 꺼냈다.

―뭐가 좋으신데요, 주인님?

"배가 불러서."

―순댓국이 그렇게 맛있어요?

"맛있지. 근데 그것만이 아니라 그냥 다 좋다는 얘기야.

―흐음?

"먹고 싶은 거 있을 때마다 마음대로 먹을 수 있다는 게, 돌아갈 내 집이 있다는 게, 해야 할 일이랑 할 수 있는 일이 있다는 게."

채빈은 한 손으로 스쿠터 손잡이를 잡은 채 먼 하늘을 바라보고 있었다. 구질구질한 과거의 기억이 떠올라도 이제는 괴롭지 않았다. 두 정령은 감상에 젖은 채빈을 두고 영문을 모르겠다는 표정으로 서로를 쳐다보고 있을 뿐이었다.

"가자. 또 추워지겠다."

상념에서 벗어난 채빈이 서둘러 스쿠터에 올랐다. 경쾌하게 시동이 걸리고 스쿠터가 달리기 시작했다. 손잡이를 꼭 잡은 채빈의 두 눈은 내일을 보고 있었다.

"아나, 진짜 돌아버리겠네!"

아우랑 빌딩의 지하 작업장.

세만은 구석의 컴퓨터 앞에 앉아 포효하고 있었다. 모니터 화면의 세만의 캐릭터가 사망하면서 어두워진 상태였다. 세만은 산적처럼 수염이 그득한 입가로 마이크를 바싹 들이대고 불같이 소리쳤다.

"세포폭발 끝났는데 정령님 뭐하십니까? 정화해 봤자 소용없으니까 닥힐이라고 말씀드렸잖아요. 무조건 힐부터 달라고요, 힐을!"

어느새 나타난 재경이 등 뒤에 서 있었다. 재경이 작은 목소리로 불렀지만 게임에 빠져 있는 세만은 전혀 깨닫지 못하고 거듭 열변을 토해냈다.

"그리고 광전님 아까부터 지켜봤는데 장난하세요? 세포폭발하면 무조건 가까이 가서 맞으시라고요. 샨상도 아니고 샨하에서 그것도 2넴인데 지금 몇 번을 트라이하는 겁니까? 샨드라 10년 있다 잡으려고 그래요?"

"세만 씨, 바빠요?"

"뭐요? 템이 구려서 뎀이 안 박혀? 내가 겜톡하다가 이런 황당한 소린 또 처음 듣네. 탐색자 도끼 12강 쓰는 양반이 대체 뭐가 템이 구리다는 건데요? 젝스 평판템 쓰는 나는 죽어야 하나? 뭐? 씨발? 당신 지금 나한테 씨발이라고 했어? 야, 너 몇 살이냐?"

"저기, 세만 씨, 세만 씨."

보다 못한 재경이 세만의 어깨를 잡고 흔들었다. 벌건 얼굴로 돌아본 세만이 입을 떡하니 벌리고 마이크를 껐다.

"어이쿠, 재경 씨가 이런 이른 시간에 무슨 일로?"

"뭐가 이른 시간이에요? 벌써 해가 다 졌어요. 설마 아침부터 여태 게임만 하신 거예요?"

"던전 연구 좀 하느라고요. 금방 깰 것 같은데 몇 명 때문에 계속 못 깨고 있어요."

마이크에서는 계속 세만을 향한 욕설이 울려 퍼지고 있었다. 재경은 세만의 어깨를 찰싹 때리며 말했다.

"그만하고 올라오세요. 저녁 먹어요, 우리."

"한 번만 더 도전하면 될 것 같은데……."

"세만 씨!"

"아, 알았어요. 금방 올라갈게요."

재경이 한 발 먼저 계단을 올라 사라졌다. 세만은 이맛살을 찌푸린 채 게임을 끄고 좀처럼 떨어지지 않는 발길을 지상으로 돌려야 했다.

재경의 분식집으로 들어서자마자 맛있는 냄새가 세만의 코를 찔렀다.

잊고 있던 식욕이 당장에 되살아났다. 비로소 세만은 자신이 오늘 컵라면과 삼각김밥 말고는 먹은 게 전혀 없음을 깨달았다.

"돼지김치찜 만들 건데 괜찮으시죠?"

"뭐가 되었든 안 괜찮을 리가 있습니까. 사장님 요리 솜씨는 알아주는데."

"사장님이라고 하지 말라니까요."

"근데 오늘 무슨 날입니까? 김치찜을 다 하고."

"가끔은 이렇게 영양보충 좀 해야죠."

부엌 너머에서 재경은 그렇게만 말하고 말아버렸다. 그 얼굴에서 세만은 모종의 기미를 느낄 수 있었다.

세만의 눈치는 둔감한 편이 아니었다. 아마 재경은 채빈에게도 연락을 했을 것이다. 하지만 이 자리에 채빈은 없고 재경 역시 그 부분에 대해 언급하지 않고 있다.

통화가 안 됐든 거절당했든 뭔가가 어긋났다는 거겠지. 세만은 그렇게 생각하고 입을 굳게 다물었다.

"자, 드세요."

"잠깐만요. 냉장고에 술 있죠?"

"하여튼 그 술은."

"이렇게 맛있는 김치찜을……."

"술도 없이 먹는 건 모욕이라고요? 하도 많이 들어서 이제 외웠어요. 됐으니까 빨리 오셔서 드시기나 하세요."

냄비를 사이에 두고 마주 앉은 두 사람은 식사를 시작했다.

음식은 맛있었고 덩달아 술맛도 좋았다. 세만의 혀는 그렇게 말하고 있었지만 기분은 그렇지 못했다. 재경의 그늘진 안색 때문이었다. 제대로 음식을 즐길 수가 없었다.

세만이 빈잔 하나를 가져와 재경에게 내밀며 권했다.

"재경 씨도 한 잔 하시겠습니까?"

"아니요, 저는 별로……."

"조금만 하시죠."

"한 잔만 할까요, 그럼."

소주를 따르면서 세만이 지나가듯 물었다.

"컨디션이 별로 안 좋습니까?"

"아니요. 왜요?"

"표정이 좀 안 좋아서요."

"그래 보여요? 딱히 일은 없는데."

말은 그렇게 하지만 재경의 표정은 한결 더 쓸쓸해졌다. 그녀는 술이 가득 찬 잔을 입가로 가져가 천천히, 하지만 멈추지 않고 전부 들이켰다.

"좋다. 한 잔 더 주세요."

"한 잔만 한다더니."

세만이 또 한 잔을 따랐고 재경은 연거푸 마셨다. 그녀는 찜에는 아직 젓가락도 대지 않았다. 세만이 직접 접시를 들어 찜을 덜어주었다.

"술만 마시지 말고요."

"세만 씨나 많이 드세요."

"정말 제가 다 먹어도 됩니까?"

"그럼요."

"흐음……."

"뭐예요? 반응이 이상하네. 무슨 의미예요?"

"아무 것도 아닙니다."

세만도 술 한 잔을 들이켰다. 그 사이의 공백을 기다릴 수 없다는 듯이 재경이 병을 들어 자기 잔에 새 술을 따랐다.

"재경 씨, 너무 빨라요."

"크, 좋다. 세만 씨도 한 잔 해요."

"천천히 마시라고요."
"제가 마시는 게 아니라 술이 저를 마시는 걸 어떡해요?"
"그런 해괴한 변설은 또 어디서 배웠습니까?"
"간만에 마시니까 좋긴 하네요. 헤헤."
술 한 병이 금세 동이 났다.
재경이 냉장고로 가 새로 술을 꺼내왔다. 손에 힘이 들어가지 않는지 낑낑거리는 그녀로부터 세만이 병을 빼앗아 들었다. 뚜껑을 돌려 따면서 세만은 나직이 말했다.
"할 말은 하고 살아야 된다고 생각합니다."
"…네?"
"시기라는 게 있어서 그 순간이 지나고 나면 늦더라고요. 말하고 싶어도 두 번 다시 밀힐 수 없게 되는 건 진짜 괴롭더라고요."
"지금 누구한테 말씀하시는 거예요?"
"여기 저랑 재경 씨 말고 또 누가 있습니까."
"저한테 왜 그런 말씀을 하세요?"
"그냥 한 번 말해봤습니다."
"……"
"누군가에게 하고 싶은 말이 있다면 속에 두지 말고 하세요. 저는 이제 하고 싶어도 못합니다."
"어째서요?"

"그 사람이 죽었거든요."

"아……. 죄송해요."

"재경 씨가 뭐가 죄송합니까. 전 아무렇지도 않아요."

정말로 세만의 표정은 태평하기만 했다.

재경이 불현듯 고개를 떨어뜨렸다. 뒤엉킨 답답함과 초조함 때문에 그녀는 조바심이 났다.

세만이 내던진 말들이 그녀를 이렇게 만들고 있었다. 억지로 눌러놓았던 상념들이 솟구쳐 올라 그녀를 괴롭게 만들고 있었다.

무릎 위에서 뒤엉킨 채 꼼지락거리는 손가락이 멈출 줄을 몰랐다.

세만은 묵묵히 밥을 먹었다. 그렇게 재경이 먼저 무엇인가 말을 꺼내기 전까지 가만히 기다렸다.

그가 밥 한 공기를 거의 다 비웠을 때, 비로소 침묵을 지키고 있던 재경이 고개를 천천히 들었다.

"사실은요……."

세만이 수저를 내려놓고 시선을 맞췄다.

앙다물려 있던 재경의 입술이 서서히 열리고 있었다.

드르륵!

세만의 핸드폰이 울렸다. 세만은 재빨리 눈을 밑으로 돌려 번호를 확인했다. 그리고 머뭇거렸다. 성질 드센 누나의 전화였다.

'왜 하필 이럴 때…….'

세만은 받고 싶지 않았다. 재경이 이제야 속에 쌓인 얘기를 토해내려는 찰나였다. 게다가 누나는 귀찮은 얘길 꺼낼 게 뻔했다.

집에 언제쯤 돌아올 생각이냐는 둥 아버지 걱정은 되지도 않느냐는 둥 이래저래 다그쳐 댈 것이리라.

"받으세요."

"아니, 아닙니다."

세만이 핸드폰을 주머니에 집어넣었다.

"말씀하세요. 안 받아도 되는 전화입니다."

"네……."

재경이 다시금 숨을 고르듯 양어깨를 살며시 들썩였다. 세만의 주머니 속에서는 핸드폰의 진동이 계속되고 있었다.

"채빈이 얘기예요."

"짐작은 했습니다."

"정말요?"

"네."

"……."

"요즘 바쁘죠, 채빈이가."

"그런 것 같아요."

"섭섭하게시리 전화도 잘 안 주고……."
"정말요. 그래요. 바쁜가 봐요."
"네."
"……."
"그래서요?"
"네?"
"채빈이에 대한 어떤 얘기를 하려던 거였습니까?"
"아, 그러니까 그게……."

재경의 커다란 두 눈망울이 흔들렸다. 눈물을 머금기 시작했는지 낡은 형광등 밑에서 반짝이고 있었다. 세만은 여전히 몸을 떨고 있는 핸드폰의 전원을 아예 꺼버렸다.

"어떻게 대해야 할지 모르겠어요."
"채빈이를요?"

재경은 목이 메는 듯한 얼굴로 대답 대신 고개를 끄덕여 보였다.

"저한테 정말 잘해줬어요. 제가 죽고 싶을 정도로 힘들 때 채빈이가 있어서 견뎠어요. 그래서 여기까지 왔어요. 장사도 잘되고, 돈 걱정도 없어요. 복학도 할 수 있고 엄마 병원비도 신경 안 쓰게 됐어요."

"네네, 저도 물론 알지요."

"그렇죠. 세만 씨한테도 여러 번 말씀드렸죠. 그래서 저도 채빈이를 도와주고 싶어요. 잘해주고 싶어요. 채빈이를 보면 언제나 얼굴에 그늘이 져 있어요. 그 그늘을 걷어주고 싶어요. 나름 애썼어요."

"천천히 말씀하세요."

"그런데 한계가 있어요. 채빈이는 결국 속마음을 완전히 드러낸 적이 없어요. 저한테 주는 호의가 진실인 건 알아요. 그건 그냥 알 수 있어요. 보면 알아요. 그렇게 절 도와주면서, 있는 대로 다 도와주면서 정작 자기 속은 숨겨요."

"으음……."

"제가 채빈이에게 해줄 수 있는 게 아무 것도 없다구요."

재경이 소주 한 잔을 벌컥 들이켰다. 그리고 잔을 내려놓자마자 두 손바닥에 얼굴을 묻었다. 소리없는 흐느낌이 커지면서 세만은 당황했다.

"저기, 재경 씨."

"죄송해요. 죄송해요. 감정이 격해져서……."

"그냥 채빈이를 만나보세요. 보고 싶은 거잖아요?"

재경이 두 손바닥에서 얼굴을 떼지 않은 채 고갯짓을 했다.

"보고 싶어요. 채빈이는 어떻게 생각할지 모르겠지만, 저한테는 가족처럼 소중해요."

"그 이상이겠지요."

세만이 중얼거렸다. 그 소리는 너무 작아서 재경은 듣지 못했다. 작은 흐느낌이 이어지는 정적 속에서 세만도 한 잔의 술을 따라 천천히 들이켰다.

"휴우, 후련하다. 요즘 좀 답답했나 봐요."

얼마 후, 젖은 얼굴을 든 재경이 일시에 환하게 웃어 보였다. 티슈 한 장을 뽑아 건네며 세만이 넌지시 물었다.

"채빈이 좋아하죠?"

"그럼요."

재경이 뜸도 들이지 않고 즉각 대답했다. 당연한 것을 왜 물어보냐는 투였다. 세만은 그저 싱긋 웃고 말아버렸다. 자신의 질문에 담긴 '좋아한다'는 의미와는 꽤나 엇나간 대답이긴 했지만.

"종목을 바꿉시다."

세만이 자리를 털고 일어섰다. 재경도 티슈로 눈가를 찍으며 따라 일어섰다.

"소주가 오늘 유독 독하네요. 맥주 몇 병 사올게요."

"계세요. 제가 갔다 올게요."

"담배도 한 대 피울 겸 가는 겁니다."

"그럼 안주 준비하고 있을게요."

"그냥 있는 거랑 먹어도 되는데."

"어떻게 그래요. 사과랑 감 좀 깎을까요?"

"더 바랄 게 없죠, 그럼."

세만은 가게를 나섰다. 차가운 바람이 불어왔지만 술기운 때문에 그다지 추운 느낌은 들지 않았다. 고개를 반쯤 숙인 채 자신의 발끝을 내려다보며 세만은 재경이 했던 말을 되뇌어보았다.
　"가족처럼 소중하다고……."
　세만은 자신의 가족을 생각했다. 자신에게도 그토록 가족의 존재가 소중했던가 하고 생각했다.
　항시 엄격했던 어머니와 쉴 새 없이 자신을 몰아붙이던 아버지, 그리고 자로 잰 듯 빈틈없는 삶을 살아가는 한편 자신에게도 그러한 삶을 강요하던 누나까지 곱씹듯이 생각해 보았다.
　편의점에서 맥주를 사고 나올 때 다시 핸드폰이 울렸다. 포기할 줄 모르는 누나의 전화였다.
　세만은 문득 허탈해졌다. 맨몸으로 집을 뛰쳐나와 오늘까지 무기력한 삶을 자처하고 살아온 이유를 스스로도 알 수 없었다. 왜 그랬을까? 거기엔 어떤 당위성도 없었다. 떠오르는 건 그저 무능력한 자신의 품에 안겨 웃다가 맥없이 눈을 감은 그녀뿐이었다.
　멍하니 담배 한 개비를 태우고 나니 진눈깨비가 내리기 시작했다. 쓸쓸한 표정으로 한 걸음을 내딛으며 세만은 핸드폰을 쥔 손을 귓가로 들어 올리고 있었다.

그리고 다음 날.

세만은 평소보다 일찍 일어났다. 간밤에 재경과 새벽까지 술을 마신 탓에 두통이 심했지만 나갈 준비를 서둘러야 했다.

뜨거운 물에 노곤한 몸을 빡빡 씻고, 덥수룩한 머리를 감고, 구역질을 참으며 양치질을 했다. 입 주위에 그득한 수염을 깎는 일도 세만은 잊지 않았다.

목욕을 끝내고 나와서는 옷을 골랐다. 집을 나온 이래 거의 벗은 적이 없던 트레이닝복은 빨래 바구니로 던졌다. 그 대신 언젠가 누나가 사다 주었던 깔끔한 셔츠와 스웨터, 면바지를 꺼내 몸에 입었다. 애당초 오늘 같은 날을 염두에 두고 사준 것일 테니까.

"어떻게 해드릴까요?"

집을 나선 세만은 미용실에 들렀다. 후줄근한 머리를 이리저리 매만지며 묻는 미용사에게 세만은 나직이 말했다.

"그냥 알아서 해주세요."

"그래도 원하시는 스타일이 있을 텐데. 혹시 어디 면접 보러 가시는 건가요?"

"면접이요? 그런 건 아니고……."

세만이 말끝을 흐렸다. 면접이라……. 짜증스런 표정으로 돋보기안경을 고쳐 쓰며 자신을 노려볼 아버지의 얼굴이 눈앞에 아른거리는 듯했다. 어쩐지 웃음이 나서 세만은 잠시 쿡쿡거렸다.

"왜 그러시죠?"
"아닙니다. 면접 맞아요. 깔끔하게 해주세요."
"네, 예쁘게 해드릴게요."

미용사가 가위와 빗을 들고 세만의 머리를 손보기 시작했다. 세만은 가만히 두 눈을 감았다. 해묵었던 지난날들이 긴 머리칼과 함께 나풀나풀 떨어져 내리고 있었다.

"끝났어요. 어떠세요?"

미용사의 말에 세만이 두 눈을 떴다. 심하게 낯선 자신의 떨떠름한 얼굴이 거울 속에 아로새겨져 있었다.

스스로도 기묘했지만 어쨌든, 5년은 더 젊어 보이는 느낌이었다.

"10년은 더 젊어 보이시네요."

미용사는 세만의 생각보다도 두 배는 부풀려 너스레를 떨었다. 세만은 싫지만은 않은 기분에 멋쩍게 웃으며 의자에서 일어섰다.

"어디로 모실까요?"
"평창동으로 가주세요."

택시에 오르자 가슴이 뛰기 시작했다. 빠르게 지나가는 차

창밖의 풍경을 바라보며 세만은 자신을 다잡았다.

택시는 거의 막힘없이 목적지에 도착해 세만을 내려놓았다. 세만은 구부정한 걸음으로 언덕길을 얼마간 걸어 올라갔다.

높다란 담벼락을 끼고 모퉁이를 하나 돌자 오래도록 떠나 있었던 집이 눈앞에 보였다.

세만은 대문 앞으로 다가가 지체없이 벨을 눌렀다.

—누구세요?

"아주머니, 잘 지내셨어요?"

—어맛! 도련님!

지이이잉!

여자의 비명과 동시에 대문이 활짝 열렸다. 세만은 열린 대문을 통해 안으로 들어섰다. 밖에선 전혀 보이지 않던 드넓은 정원이 세만을 맞이했다.

"일찍 오네!"

여자가 연못의 돌다리를 건너 세만 쪽으로 달려왔다. 이미 연이라는 예명으로 널리 알려진 여배우이자 세만의 누나이기도 한 세희였다.

세희는 환히 웃고 있었다. 이렇게 기뻐하는 누나의 얼굴을 보는 것도 오랜만이라고 세만은 불현듯 생각했다. 입가에 괜히 쓴웃음이 났다.

"점심상 딱 차려놓으니까 오네."

"누나는 왜 집에 있어?"

"첫마디가 뭐 그러냐? 내가 내 집에 있으면 안 돼?"

"그런 게 아니라 신작 나온다며. 촬영 없어?"

"내가 너니? 내 일은 어련히 알아서 잘하니까 걱정 마시죠."

세희가 세만의 팔을 잡고 안으로 이끌었다. 현관으로 나란히 걸으며 세희는 소곤거리듯 덧붙였다.

"아빠 기분 완전 좋으신 상태니까 행여나 속 긁지 마라."

"안 그래."

"좋은 게 좋은 거야. 가능하면 아빠가 원하시는 대로 하겠다고 말씀드려. 아니, 아니다. 괜히 이렇게 말하면 또 내가 부담스러워할까 겁난다. 이렇게 돌아온 게 어디야."

세만의 팔을 잡은 세희의 손에 힘이 들어갔다. 그 손끝이 조금은 떨리고 있었다. 세희의 떨리는 손등 위로 손을 살며시 포개며 세만이 말했다.

"아무 일도 없을 거야."

"퍽이나."

"정말이야. 똑바로 행동할 테니까 걱정하지 마."

"믿는다?"

"믿어."

새로운 출발 39

남매가 현관으로 들어섰다. 앞치마를 두른 아주머니가 부엌에서 나와 부산스럽게 세만을 맞았다.

"도련님, 이게 얼마만이에요! 왜 이렇게 마르셨어요?"

"마르긴요. 배가 나와서 죽겠는데요. 별고 없으시죠?"

"별고라니요. 저야 아주 편하게 지내고 있었죠. 시장하실 텐데 어서 들어가세요. 준비 다 끝났고 사장님은 벌써 앉아 계세요."

"네."

불과 스무 걸음 안팎의 식당으로 향하면서 세만은 다시금 마음을 다잡았다. 사적인 감정과 불만으로 아버지를 바라보지 않을 것이다. 그 다짐을 맺기가 무섭게 세만은 식당으로 몸을 들이밀었다.

"어서 오너라."

의자에 앉아 있던 중년 남자가 신문에서 눈을 떼고 고개를 들었다. 세만의 아버지 위준일이었다.

아버지와 대면한 순간 세만은 미웠던 감정이 눈 녹듯이 사라지는 것을 느낄 수 있었다. 보지 못한 사이에 아버지는 몇 배나 수척하고 연로해 보였다.

심하게 희끗희끗해진 머리칼과 이마에 깊게 팬 주름, 움푹 들어가 그늘을 머금은 양 뺨까지 모든 것이 세만의 마음을 아프게 했다.

"왜 가만히 서 있냐. 앉아라."

"네."

세만과 세희가 준일의 맞은편 의자를 하나씩 빼고 앉았다. 아주머니가 대접에 국을 퍼 나르는 사이 준일은 보고 있던 신문을 접어 옆에 내려놓았다.

"먹자."

"잘 먹겠습니다."

세만이 숟가락을 들었다. 아무런 말도 없이 식사가 시작되었다. 어쩐지 싸늘해진 기류를 감지한 아주머니는 냉큼 앞치마를 벗고 조심스레 식당을 빠져나갔다.

초조한 마음은 세희도 마찬가지였다. 맛도 알 수 없는 반찬을 입에 넣으며 그녀는 준일과 세만의 표정을 번갈아 살피고 있었다.

두 남자 모두 뭔가 말을 할 기미는 전혀 보이지 않았다. 오로지 기계처럼 밥만 먹고 있었다.

"연근조림 맛있네. 이거 세만이 너 좋아하는 거잖아."

세희가 분위기를 바꿔 보려고 한마디 했다. 세만이 아주 살짝 고개를 끄덕여 보였다.

"그러고 보니 토란국도 오랜만이네. 이건 아빠가 좋아하시는 건데. 그치, 아빠?"

"그렇지."

준일이 짧게 답하고는 국 한 숟가락을 입으로 가져갔다. 세희는 더 말을 이을 구실이 없어 입을 다문 채 곁눈으로 세만을 흘겨보았다.

똑바로 행동하겠다는 게 이런 거였어? 정말이지, 아빠만 눈앞에 없었다면 당장 세만의 엉덩짝을 걷어차 주고 싶었다.

바로 그때였다.

세만이 숟가락을 내려놓고 아버지를 향해 입을 열었다.

"아버지."

세희는 심장이 철렁 내려앉는 듯했다. 갑자기 무슨 말을 꺼내려고 아버지를 입에 담은 것일까. 준일은 태연하게 토란국을 휘저으며 세만과 시선을 맞추고 있었다.

"회사로 돌아가겠습니다."

"뭐? 진짜?!"

세희가 탄성을 내지르며 벌떡 일어섰다가 무안스럽게 도로 주저앉았다. 그토록 아버지를 미워하던 동생의 말이기에 듣고도 믿을 수가 없는 것이었다.

"너, 너무 잘 생각했다. 세만아, 이제 방황은 그만두는 거지? 아빠, 세만이가 회사로 돌아오겠대. 좋지? 응?"

"누나, 나 아직 말이 안 끝났으니까 잠깐만."

"어머! 미안, 미안! 나는 말 안 할게. 계속해, 얼른."

세희가 입을 다물었다.

가벼운 헛기침 뒤에 세만이 말을 이었다.

"새 프로젝트 저한테 맡겨주세요."

"원래 네 거였다."

준일이 뜸도 들이지 않고 즉각 대답했다. 세만 역시 기다렸다는 듯이 말을 계속했다.

"팀도 제가 새로 꾸리겠습니다."

"그래라."

"저는 학벌 경력 안 볼 겁니다. 실력과 인성이 충분하면 가리지 않고 바로 채용할 겁니다. 그게 누구든 상관없어요. 이해해 주실 거죠?"

세만의 목소리가 살짝 올라갔다. 이번에는 조금 사이를 두고, 준일이 나지막하게 대답했다.

"…그렇게 해라."

"그리고 지금 집으로는 못 돌아옵니다."

듣고 있던 세희가 놀란 얼굴로 끼어들었다.

"그게 무슨 소리야? 집으로 다시 들어와야지."

"사정이 있어."

"사정? 웬 사정? 그런 구질구질한 동네 단칸방에 무슨 대단한 사정이 있다는 건데?"

"위세희, 조용히 해."

준일이 핀잔을 주었다. 세희는 입을 삐죽 내밀고 젓가락 끝으로 자기 밥을 쿡쿡 쑤셨다.
 "좋을 대로 해라. 회사에 돌아온다는 것으로 됐다."
 "감사합니다, 이해해 주셔서."
 "언제부터 나올 거냐?"
 "한 달 정도만 주시면 준비 끝내겠습니다."
 "알겠다. 마저 먹자. 식는다."
 대화는 그것으로 끝이었다. 허무하리만치 싱겁게 끝난 대화에 세희는 혀를 내둘렀다.
 언제나 이런 식이었다. 실로 익숙한 부자지간의 대화임에도 불구하고 새삼 기가 막히는 세희였다.
 식사가 끝나자마자 준일은 차를 마실 새도 없이 회의가 있다며 회사로 나섰다. 세만도 아주머니가 내온 사과를 한 입 베어 물기 무섭게 자리에서 일어섰다.
 "벌써 가려고?"
 "어, 일도 있고."
 "나도 스튜디오 가야 하니까 데려다 줄게."
 "택시 타고 가면 돼. 나 때문에 일찍 나갈 거 없어."
 세만이 신발을 신고 집을 나섰다. 세희가 카디건을 걸치고 뒤를 따라나섰다.
 "가만, 내가 사준 옷 입고 왔네?"
 "그걸 이제 알았단 말이야?"

"긴장해서 뭐가 눈에 들어왔어야지."

"누나가 왜 긴장해."

"그것보다 너, 정말 집엔 안 들어올 거야?"

"당장은."

"사정이란 게 뭐니? 누나한테만 말해봐."

"그냥, 사귄 사람들도 있고."

"집에 들어와도 만날 수 있잖아."

"그리고 그 동네가 좋아. 정들었어."

"어휴, 거기서 만난 사람들은 뭐하는데?"

"다 그냥 좋은 사람들이지."

"보나마나 죄다 너처럼 덕후들이겠지. 야한 인형 만지작거리고 애니 보면시 헤벌쭉기리는."

"아니거든. 그리고 격조있게 서브컬처 매니아라고 불러줬으면 하는 바람이 있네."

"얼어 죽을 서브컬처… 뭐? 야, 길어."

세희가 대문을 열었다. 집 앞으로 나선 세만은 하늘을 올려다보았다. 아침까지만 해도 흐리기 짝이 없었던 하늘이 맑게 개어 있었다. 차가운 바람도 멎었다.

"정말 안 바래다줘도 괜찮겠어?"

"내가 애야? 갈게."

"잠깐만."

새로운 출발 45

세희가 팔짱을 꼐고 있던 팔을 풀고 한 걸음 다가섰다.
"우리 동생 한 번 안아보자."
"왜 이래."
"어휴, 덕후 냄새."
세희가 으스러지게 세만을 끌어안고 등을 토닥였다. 누나의 품에 몸을 안긴 채 세만은 여전히 맑게 갠 하늘을 쳐다보고 있었다. 조금 더 빨리 돌아왔으면 좋았을 거라는 생각이 불쑥 들었다.
"조만간 봐. 누나가 전화할게. 전화 좀 빨리 받아."
"알았어. 진짜 간다."
"택시비 있니? 아예 콜을 부르지."
"됐다고요."
세만은 돌아서서 터벅터벅 걷기 시작했다. 언덕을 내려가 모퉁이를 돌기 직전 문득 돌아보니 세희는 아직도 집 앞에 서서 세만을 바라보고 있었다. 세만이 손을 흔들어 보이자 세희도 손을 들어 답했다.
'이제 위세만 팀장으로서 할 일들이 있지.'
언젠가 이런 날이 올 것을 대비해 팀원 구상은 일찌감치 다 끝내둔 참이었다. 세만은 예전부터 눈여겨봐 왔던 참한 직원들로 새 프로젝트를 꾸려 나갈 생각이었다. 고압적인 아버지의 시선이 아닌 자신의 시선으로.

세만은 이렇게 계획한 팀원에 한 사람을 추가로 염두에 두고 있었다. 안락한 집을 떠나 외지에서 죽은 듯이 살아가던 도중 만났던 한 사람을.

택시에 타자마자 세만은 핸드폰을 꺼내 전화를 걸었다.

일뿐만 아니라 재경의 문제 때문에라도 슬슬 만나봐야 할 때가 되었다고 생각했다.

한참의 신호가 울린 뒤 상대방의 목소리가 세만의 귓가로 들려왔다.

―어, 세만이 형.

"웬일로 받네. 바쁘냐?"

택시가 대로를 달리기 시작했다. 세만은 핸드폰을 고쳐 잡고 등받이에 몸을 기댔다. 차창 밖의 풍경이 어제까지와 달리 새삼 눈부셔 보였다.

제2장

좋은 사람

이계
마왕성

"후, 개운하다."

샤워를 끝낸 채빈이 욕실에서 나왔다.

오늘도 속성수련실에서 하루 제한 두 시간을 빠듯하게 수련하고 돌아온 참이었다. 덕분에 극선풍류의 일초식 극선팔타는 그럭저럭 사용할 수 있을 정도가 되었다.

일단 씻은 채빈은 부지런히 몸을 움직였다. 밥을 먹고, 설거지를 하고, 재경에게 전해줘야 할 소스도 만들었다. 다 끝내고 옷을 갈아입으려는 참에 현관의 초인종이 울렸다.

"누구세요?"

"택배입니다."

"아, 네. 잠시만요."

채빈이 한달음에 나가 문을 열었다. 택배기사는 채빈이 주문한 핸드폰 박스를 들고 서 있었다.

"감사합니다."

"네, 안녕히 계세요."

핸드폰이 시간에 맞춰 도착해서 다행이었다. 오늘이 바로 연호제와 다시 만나기로 한 날이기 때문이다.

거기까지 생각이 미친 채빈은 시계로 눈을 돌렸다.

연호제를 만나러 가기 이전에 먼저 만나야 할 사람이 있었다.

부르릉!

"으악, 추워!"

시동 걸린 스쿠터에 오르자마자 채빈은 비명을 질렀다. 조만간 차를 사야겠다고 새삼 결심하며 채빈은 이를 악물고 스쿠터의 속도를 높였다.

스쿠터는 칼바람을 가르며 아우랑 빌딩 쪽으로 질주하고 있었다.

'프라이어, 어때?'

─식당은 아직 닫혀 있고 재경 님은 안 계십니다.

'오케이, 알았어.'

채빈은 일부러 건물 뒤쪽으로 돌아가 스쿠터를 주차시켜 놓고 조심스럽게 지하로 내려갔다. 계단을 밟고 내려가 문을 열자마자 시끄러운 게임 사운드가 채빈의 두 귀를 자극했다.

"세만이 형."

"어, 왔냐. 잠깐만 기다려."

게임에 빠진 세만은 뒤를 돌아볼 여유도 없었다. 키보드 옆으로는 빈 컵라면 용기와 편의점 샌드위치, 삼각김밥 포장지가 어지러이 흩어져 있었다.

채빈이 옆으로 가 의자를 끌고 앉았다가 코를 찌푸리며 뒤로 물러났다.

"이게 무슨 냄새야? 형, 좀 씻고 살아요."

"이틀 밖에 안 씻었는데 무슨 소리야. 근데 왜 이렇게 일찍 왔냐?"

"일찍 오다니요. 9시에 만나자고 했잖아요. 오히려 제가 10분 늦었다고요."

"아, 그래? 아나, 이 거지 같은 저그는 개떼처럼 밀려오네. 숨 쉴 틈은 줘야 할 거 아니야."

마우스와 키보드를 움직이는 세만의 손이 눈에 보이지 않을 정도로 빨라지고 있었다. 벽시계를 바라보며 채빈이 말했다.

"형, 만나자마자 죄송한데 저 12시까지 어디 좀 가봐야 되서 시간이 많이 없어요."

"어디 가는데?"

세만이 채빈에게 고개를 돌리며 물었다. 채빈이 사색이 되어 코를 틀어막고 의자째로 물러났다.

"우왁! 형, 진짜 스타만 하지 말고 양치질이라도 좀 해요! 형 입에서 성큰 콜로니 냄새 난다고요!"

"아씨, 니가 소리 질러서 멀티 터졌어! 이건 못 이기겠다."

세만이 채팅창에 'GG WP'라고 입력하고는 게임을 종료했다. 천장을 향해 한껏 기지개를 켜며 세만은 앓는 소리를 냈다.

"에구구, 게임을 끝내니까 밤샘의 피로가 한꺼번에 밀려온다."

"관리 좀 하세요. 진짜 그러다 죽을 수도 있어요."

세만이 채빈을 향해 씩 웃어 보였다.

"이런 생활도 이제 끝이야."

"네? 뭐가요."

"나 이제 돌아가기로 했다."

"아······."

세만의 집안이 어떤지에 대해서는 채빈도 이제 알 만큼 알고 있었다.

언젠가 이렇게 돌아갈 날이 올 거라고 생각하지 않았던 것도 아니었다.

아쉬움과 다행스러움이 교차하는 채빈의 표정을 보고 세만은 말을 이었다.

"사는 건 여기 계속 살 거야."

"돌아가신다면서요?"

"그건 회사 얘기야."

"아, 스트림 소프트?"

세만이 고개를 끄덕이며 자리에서 일어섰다.

"그래, MMORPG 새 프로젝트가 있는데 그걸 맡아서 하게 됐다. 충분히 쉬었으니 이제 일을 해야지. 애당초 해왔던 일이기도 하고."

"우와, MMORPG요? 막 대리나 아귀에이지 같은 거 말씀하시는 거예요?"

"뭐, 말하자면 그렇지."

"대단하다. 형이 달라 보여요. 이토록 지저분한 몰골인데도."

"동네 백수 패션도 이제 끝이야. 아무튼 그래서 말인데……."

냉장고에서 음료수를 꺼내 돌아온 세만의 안색이 진지해졌다.

그는 음료수를 한 모금 마시며 채빈의 기미를 살피고는 천

좋은 사람 55

천히 말을 계속했다.

"일단 이 작업장은 더 이상 내가 못 맡아줄 거 같은데."

"여길 왜 걱정해요? 프라이… 아니, 직원들도 있고 전혀 신경 안 쓰셔도 돼요."

"그렇다면 다행이고. 그리고 또 하나는……."

세만이 갑자기 서랍을 열었다. 열린 서랍에서 그가 꺼내든 것은 몇 권의 책이었다.

책표지를 보자마자 채빈은 두 눈을 동그랗게 떴다. 자신이 출간한 판타지소설들이었다.

"재밌더라. 시간 가는 줄 모르고 읽었다."

"부끄럽게 왜 그래요. 별것도 아닌 글 갖고."

"인터넷 검색해 보니 꽤 팔리는 것 같던데? 그건 네 글이 인정받는다는 거잖아. 자기 성과물에 대해서 그런 식으로 말하는 건 안 좋아."

채빈이 민망한 듯 코를 문질렀다. 오늘따라 세만이 평소와 다르게 진지하게 느껴져서 얼마간 낯선 기분도 들었다.

"그래서 결론은… 채빈이 너, 나랑 같이 일하자."

"네?"

"나랑 게임 같이 만들자고."

채빈이 멍한 얼굴로 입을 벌렸다. 세만은 재미있다는 듯 유들유들한 미소를 짓고 있었다. 적어도 농담을 하고 있는 얼굴은 아니었다.

"저는 게임제작에 대해 쥐뿔도 모르는데요."

"다 분업이야. 누가 너보고 프로그램을 짜라고 하지도 않고 캐릭터 모델링을 하라고 하지도 않아. 넌 네가 할 수 있는 걸 해야지."

"제가 할 수 있는 거요?"

세만이 손에 쥔 채빈의 소설을 눈앞으로 들어 보였다.

"글을 쓰면 돼. 게임에 필요한 시나리오랑 퀘스트. 네가 맡을 일은 그거야."

"아아……."

채빈이 고개를 끄덕였다. 그거라면 납득이 된다. 어쨌든 글을 쓴다는 긴 똑같은 일이니까.

게임 시나리오의 특성에 대해서 공부는 충분히 해둬야겠지만 말이다.

"그리고 부담 가질 것도 없어. 너 혼자서 다 짜는 게 아니야. 적어도 서너 명 정도가 모여서 같이 짜게 될 거야."

"아니, 아무리 그래도 거기 필요한 프로그램들도 있을 테고, 공부해야 할 게 많을 텐데."

"일하면서 배우면 돼. 내가 바로 널 데려가서 엄청난 능률을 기대하겠냐? 겁먹지 말고 찬찬히 해보자."

"으음……."

"혹시 돈이 걱정이냐? 연봉 잘 챙겨줄게. 이 형 못 믿어?"

"아니 아니, 그런 게 아니고요."

채빈은 코끝이 찡해지는 것을 느끼고 고개를 살짝 수그렸다. 이렇게까지 생각하고 챙겨주는 세만에게 자신은 그간 어떻게 대해왔던가.

마왕성의 문제로 바쁜 건 사실이었지만, 가끔 전화해서 안부라도 물었으면 좋았을 것을.

"어때? 마음에 드는 제안이지?"

"마음에 드는 정도가 아니에요. 분에 넘치는 제안이죠."

"그럼 수락하는 거지?"

세만이 이야기는 다 끝났다는 기세로 남은 음료수를 단숨에 들이켰다. 채빈이 고개를 가로저으며 작은 목소리로 말을 이었다.

"죄송해요, 형. 못하겠어요."

"왜?"

"아무래도 아직은 준비가 안 됐어요."

"차차 알아가면 된다니까 그러네."

"그런 게 아니에요. 아직 하고 싶은 일들도 많고, 해야 할 것들도 있고……. 형의 제안은 진심으로 고맙고 저 감동까지 했어요. 하지만 역시 아직 회사를 다니는 건 무리예요."

"말 나온 김에 좀 물어보자. 네가 하고 싶은 일이나 해야 할 것들이 대체 뭐냐? 뭐가 그렇게 바빠?"

항시 태평한 자세가 특징인 세만이 집요한 눈빛을 띠고 따지듯이 물어왔다.

채빈은 할 수 있는 말이 없었다. 세만을 대상으로 딱히 거짓말을 지어낼 기운도 없었다. 세만은 그저 웃음으로 때우는 채빈을 멀뚱히 바라보다가 이내 한숨을 내쉬며 물러났다.

"당장 결정하라는 건 아냐. 생각해 봐."

"아마 한동안은……."

"아씨, 내년이라도 괜찮으니까 생각해 보라고. 알았어?"

"네, 형."

"어휴, 넌 뭐 그리 비밀이 많냐."

세만이 머리를 벅벅 긁으며 푸념했다. 흩뿌려지는 백색 먼지를 피해 채빈이 몸을 틀었다. 세만은 일부러 쫓아가 그 위에 대고 머리를 털어댔다.

"우웩! 하지 마요!"

"나의 린치가 괴로우면 오늘 저녁 시간 비워놔."

"네?"

"재경 씨랑 간만에 저녁이라도 먹자고. 너 재경 씨 본 지도 오래됐잖아."

"아, 오늘요? 잠깐만요, 오늘 저녁은……."

채빈이 시계를 바라보며 중얼거렸다.

세만이 두 눈을 부릅뜨고 덥수룩한 머리를 뒤흔들어댔다.

"감히 생각을 해? 아직 자신이 처한 상황을 깨닫지 못하는군."

"으악! 알았어요! 저녁에 올 테니까 털지 마요!"

비로소 세만이 씩 웃으며 머리에서 손을 거둬들였다. 채빈은 혼비백산이 되어 의자의 등받이에 쓰러지듯 몸을 묻었다.

"좋아, 이제 어디 한 번 48시간만의 세안을 즐겨볼까."

세만이 콧노래를 부르며 화장실로 향했다. 멀어지는 그의 등 뒤에 대고 채빈은 속으로 가만히 사과하고 있었다. 언젠가 이 복잡한 모든 사정이 풀리고 편안한 마음으로 함께 나아갈 수 있게 되기를.

채빈은 정오를 5분 앞두고 서울대공원에 도착했다. 그러나 약속 장소까지는 얼마간 거리가 있기 때문에 채빈은 서둘러 걸음을 옮겼다.

"아."

벤치에 앉아 있던 연호제가 손을 들어 보였다. 며칠 전 봤을 때와 똑같은 모습을 하고 있었다. 채빈은 한달음에 달려가 연호제의 곁에 앉았다.

"일찍 왔어? 이제 딱 12신데."

"나도 지금 막 도착한 참이다."

"다행이네. 바로 본론으로 들어가자. 이거야."

채빈이 가방에서 핸드폰 박스를 꺼냈다. 흥미를 머금은 연호제의 두 눈이 동그랗게 확대되고 있었다. 무릎 위에 박스를 놓고 열면서 채빈이 말을 이었다.

"좀 복잡하게 느껴질 수 있겠지만, 막상 익숙해지면 별것도 아냐. 내가 하나씩 알려줄게."

"고맙다."

채빈은 핸드폰의 사용법을 세세히 설명하기 시작했다.

등록된 채빈의 번호로 전화를 거는 법에서부터, 전원을 켜고 끄는 법, 배터리를 교체하는 법, 예비 배터리가 떨어졌을 때 지구에 와서 충전하는 법까지……. 이계에서 온 여자를 위해 싱심싱의껏 알려주었다.

"그리고 문자 메시지라는 것도 있어."

"문자 메시지?"

"통화를 할 수 없는 상황이거나 혹은 간단한 말만 전할 때, 상대가 전화를 받지 않을 때 등등 짧은 편지를 보내는 거라고 생각하면 돼. 카톡도 있고. 근데 한국어를 잘 모르니 이건 쓰기가 좀 힘들 거야. 어쨌든 일단 설명하자면……."

배우는 연호제 역시 한마디의 설명도 놓치지 않으려는 듯 두 귀를 쫑긋 세우며 집중하고 있었다. 이따금 손에 쥔 노트에 채빈의 설명을 천화지 언어로 메모하기도 했다.

"후우, 이 정도면 됐나. 알겠어?"

시간이 얼마나 흘렀을까. 설명 끝에 직접 통화하는 연습까지 마친 뒤 채빈이 물었다. 연호제는 손안의 핸드폰을 만지작거리며 조용히 대답했다.

"다른 건 몰라도… 그대에게 전화를 거는 법과 충전하는 법은 확실히 숙지했다."

"그래, 그거면 됐어. 후우, 춥다."

채빈이 두 손을 싹싹 비벼대며 일어섰다. 추위로 곱은 손등이 새빨개져 있었다. 연호제가 뒤따라 일어서며 물었다.

"바라는 것이 있나?"

"뭐?"

"그대의 노고에 사례를 하고 싶다."

채빈은 연호제의 진지한 얼굴에 대고 손을 휘휘 내저었다. 따지고 보면 핸드폰을 선물한 것도 스스로의 편의를 위해서였다. 사례를 받을 일이 아니었다.

"이대로는 내 마음이 불편하다."

연호제는 물러서지 않았다.

채빈은 코끝을 긁으며 잠시 생각한 끝에 대답했다.

"그럼 밥이나 사."

"밥?"

"날도 추운데 국밥이나 한 그릇 사줘."

이번엔 연호제가 두 눈을 내리깔며 생각에 잠겼다.

누군가와 밥을 먹는 일이 그녀에겐 불편했다. 가족을 잃은 뒤로 함께 어울려 정답게 식사를 해본 기억이 없었다. 언젠가 한 번 곽동과 다리 위에서 술을 마신 적은 있지만, 그것은 제대로 된 식사라고 할 순 없다.

"안 되면 말고."

채빈이 주머니에 손을 찔러 넣고 돌아섰다. 갈등하는 기색이 역력한 상대와 억지로 밥을 먹다가 체하고 싶은 마음은 전혀 없었다. 배도 고팠던 차에 굳이 사례를 한다기에 꺼내본 얘기였을 뿐이다.

밥 한 번 먹는 일이 뭐 그리 대수로운 거라고. 그런 생각이 들었지만 채빈은 입 밖으로 내시 않았다. 어쨌든 상대는 진히 다른 문화를 접하고 살아온 이계의 여자니까.

"알겠다."

채빈이 한 걸음을 내딛었을 때, 연호제가 내리깔았던 시선을 거둬들이고 대답했다.

"식사를 대접하지."

"억지로 먹을 건 없는데."

"안내를 부탁한다."

연호제가 채빈에게로 바싹 다가와 섰다.

채빈은 쭈뼛거리며 서서 주위를 두리번거리다 스쿠터를

세워둔 주차장 쪽을 가리켰다.

"그럼 가자. 저쪽이야."

"앞장서라."

"어."

앞서 걷는 채빈의 뒤를 연호제가 따랐다. 삼사 미터 정도의 간격을 두고 걷는 내내 둘은 아무런 대화도 없었다. 채빈은 머릿속으로 순댓국밥집의 약도를 그려보고 있었다.

"이걸 타고 가야 돼."

주차장에 도착한 채빈이 자신의 스쿠터를 가리켰다.

떨떠름한 표정으로 다가선 연호제가 스쿠터의 손잡이를 슬쩍 만지며 중얼거렸다.

"그대의 달구지인가?"

"어? 어, 그런 셈이지. 받아."

채빈이 의자를 열고 밑에서 헬멧을 꺼내 건넸다.

연호제가 손을 내밀어 받지도 않고 선 채로 되물었다.

"이 투구는 뭐지?"

"스쿠터 탈 때 써야 돼. 안 그러면 벌금 물어."

"벌금? 누구에게? 관군이 있나?"

"관군… 어, 경찰이라고 있어."

"투구를 써야 할 정도로 이 달구지는 위험한가?"

"꼭 위험한 건 아니야. 운전하는 사람에 따라 다르지. 천천히 달릴 테니까 일단 써. 어서 받아."

연호제가 가지런히 묶은 머리를 말아 올리고는 헬멧을 받아 조심스레 머리에 썼다. 스쿠터에 올라탄 채빈이 시동을 걸었다. 엔진 소리가 나자 연호제가 주춤거리며 뒤로 살짝 물러섰다.

"얼른 타."

"어디에?"

"어디긴 어디야. 내 뒤밖에 더 있어?"

채빈이 손가락으로 등 뒤의 좌석을 콕콕 찔렀다. 연호제는 물끄러미 그곳을 내려다보며 망설이고 있었다.

"왜 그래?"

"자리가 너무 좁은 것 같아서."

"앉으면 그렇지도 않아. 푹신푹신하고 편해."

물론 연호제가 느낀 문제는 좌석의 품질 따위가 아니었다. 그녀가 거리끼고 있는 것은 채빈과 꼼짝없이 바싹 붙게 된다는 점이었다.

"안 갈 거야? 춥다."

채빈이 다시금 재촉했다. 연호제는 아무도 없는 주위를 괜히 기웃거리더니, 살며시 다가가 의자에 엉덩이를 대고 옆으로 앉았다.

"너 지금 뭐하냐?"

"…무슨 문제라도?"

채빈은 어이가 없다는 얼굴로 연호제를 돌아보고 있었다.

"자전거도 아니고 똑바로 앞을 보고 앉아야지."

"앞을 보고?"

"그래, 나처럼. 그렇게 모로 앉지 말고 다리도 양옆으로 두고 이렇게 앉아."

"아, 알았다."

연호제가 황망히 일어섰다. 그녀는 채빈의 등을 바라보며 다리를 넘기고 정면으로 몸을 앉혔다.

그것만으로도 부끄러운 기분이 들어 양 뺨이 얼마간 달아올랐다. 코끝이 닿을 정도로 가까운 눈앞에 채빈의 목덜미가 보였다.

"잡아."

"잡으라니, 무엇을?"

"내 허리 잡으라고."

연호제는 기가 막혔다. 대놓고 자기의 몸을 만지라는 이 남자의 의도가 무엇인지 알 수 없었다. 게다가 이런 민망한 소리를 태평하기 짝이 없게 이야기하다니.

설마 희롱하고 있는 것일까? 그렇게 파렴치한 남자로는 전혀 보이지 않지만. 어쨌거나 연호제는 혼란스러웠다.

"나, 난 괜찮으니 이대로 출발해라."

"괜찮긴 뭐가 괜찮아? 하늘 날고 싶냐? 빨리 잡아."

"괜찮다고 했잖은가."

"뭔 고집이래, 대체. 그럼 거기 의자 밑에 튀어나온 부분이라도 잡아. 천천히 갈 테니까."

채빈이 스쿠터를 저속으로 몰아 주차장을 빠져나갔다.

연호제는 등 뒤로 두 손을 내리고 의자 밑을 꾹 잡고 있었다. 모퉁이를 돌아 대로로 나서자 채빈은 살며시 스쿠터의 속도를 높였다. 속도계의 눈금이 30㎞를 살짝 넘어서고 있었다.

"헛!"

부우우웅!

난데없이 연호제가 허공으로 몸을 날렸다.

채빈은 기겁하여 브레이크를 밟고 고개를 치켜들었다. 한껏 도약한 연호제가 한 마리 새처럼 푸른 하늘 한가운데를 날고 있었다.

채빈은 얼빠진 얼굴로 그녀를 바라보고 있는 게 자기뿐만이 아니라는 걸 금세 깨달았다. 주위를 둘러보니 길을 가던 수많은 행인들이 모두 걸음을 멈춘 채 그녀를 바라보고 있었던 것이다.

연호제는 수많은 시선을 한 몸에 받으며 내려와 스쿠터 곁에 착지했다.

"뭐, 뭐하는 거야?"

채빈이 그녀 쪽으로 스쿠터를 끌어가며 다그쳤다.

"여기서 경공을 쓰면 안 돼. 저 봐, 사람들이 다 놀라서 너만 쳐다보잖아."

연호제는 창백한 표정으로 주위를 둘러보고는 미안한 듯이 나직이 대답했다.

"갑자기 속도가 빨라져서 나도 모르게 그만……."

"네 경공에 비하면 그다지 빠른 것도 아니었는데."

"이 달구지는 내 의지로 가는 것이 아니니까."

"아무튼 빨리 타. 귀찮은 일 생기겠다."

점점 커지는 구경꾼들의 웅성임은 연호제의 귓가에도 확실히 들려오고 있었다. 내키지 않았지만 그녀는 어쩔 수 없이 채빈의 뒷자리에 다시 몸을 실었다.

"천천히 갈게. 제발 가만히 앉아 있어줘."

"아, 알겠다."

부르릉!

다시 스쿠터가 달리기 시작했다. 그와 동시에 의자 밑을 잡으려던 연호제의 두 손이 본능적으로 튀어나가 채빈의 양 허리춤을 붙들었다.

스쿠터가 달리는 내내 그녀는 채빈의 등에 이마를 딱 붙인 채 허리를 잡은 두 손을 놓지 않았다.

"다 왔어."

한동안 달려 목적지에 도착한 스쿠터가 멈춰 섰다. 헬멧 속으로 보이는 연호제의 얼굴은 새파랗게 질려 있었다.

"어때, 재미있지 않아?"

헬멧을 벗은 연호제는 헝클어진 머리칼을 가다듬으며 고개를 내저었다.

"어째서 그대의 달구지는 저런 게 아니지?"

그렇게 묻는 연호제는 두 눈은 근처를 지나가는 승용차로 향해 있었다.

"덮개도 있고 바퀴도 네 개인 저 달구지가 훨씬 안정적이고 편안할 것 아닌가."

"안 그래도 조민간 지런 달구지로 바꿀 기디. 됐고 빨리 들어가자."

"이곳인가?"

허름한 간판이 붙은 작고 낡은 식당이 눈앞에 있었다. 뿌옇게 김이 서린 유리창 너머 내부는 손님들로 바글거리고 있었다.

연호제는 괜한 긴장감으로 심호흡을 하며 채빈을 따라 식당에 들어섰다.

"어서 오세요. 두 분이시면 저쪽으로."

정신없이 음식을 나르던 아주머니가 눈짓으로 구석의 빈

자리를 가리켰다. 자리로 가면서 채빈은 바로 주문을 했다.

"순댓국 둘 주세요."

"네네, 금방 내드릴게요."

"순댓국… 이라는 게 뭐지?"

자리에 앉은 연호제가 메뉴판을 기웃거리며 물었다. 처음 접하는 음식이기에 최소한 무슨 재료로 만든 음식인지는 알고 나서 먹고 싶었다.

"돼지국밥이야. 내장이랑 고기 이것저것 넣어서 끓여낸 거야. 맛있어."

"으음……."

"혹시 돼지고기 못 먹는 거야?"

"아니, 그렇지는 않다."

아주머니는 자신이 말한 대로 정말 금방 두 그릇의 순댓국을 내왔다. 김이 모락모락 피어오르는 순댓국을 앞에 두고 채빈이 설명했다.

"미리 간이 안 돼 있어. 여기 소금이나 새우젓으로 하면 돼. 보통은 새우젓으로들 간을 하지."

채빈이 먼저 숟가락으로 새우젓을 퍼 자신의 간을 맞췄다. 그는 코를 자극하는 감칠맛에 참을 수 없는 허기를 느끼며 급히 한 숟가락을 떠 입으로 가져갔다.

"악, 뜨거!"

채빈이 숟가락을 떨어뜨리며 새된 비명을 토해냈다.

"아우 씨, 혀 데었나. 좆같네."

무의식적으로 내뱉은 채빈의 욕설은 한국어였다. 유독 드센 억양으로 튀어나왔던 그 단어가 한국어를 공부하고 있는 연호제의 흥미를 끌었다.

"좆같다고?"

"어?"

채빈이 데인 혀의 통증도 잊고 두 눈을 치켜떴다.

"방금 그대가 했던 말. 좆같다는 게 무슨 뜻이지?"

"내, 내가 그랬어?"

"방금 그랬잖아. 좆같네라고."

"아, 그게… 그냥 되게 좋다는 뜻이야."

"좋다는 뜻?"

"그래, 이 순댓국이 맛있다는 뜻으로 얘기한 거야."

채빈은 되는 대로 둘러대며 연호제의 시선을 피했다. 아직 친한 사이도 아닌데 욕설이나 해대는 지저분한 인상을 남기고 싶지 않았다.

다행히 연호제는 더 묻지 않고 납득했다는 얼굴로 숟가락을 손에 쥐고는 채빈을 따라 새우젓으로 간을 했다.

"어때?"

"맛있군. 느끼한 냄새와는 달리 담백하고."

한 숟가락을 입에 흘려 넣은 연호제가 만족스런 표정으로 고개를 끄덕여 보였다.

채빈은 기분이 좋아져서 들깨 가루가 든 통을 연호제 쪽으로 밀어주었다.

"들깨 가루야. 이것도 한 숟가락 넣어. 그럼 되게 고소해."

"그러지."

연호제는 군말 없이 채빈의 제안에 따랐다. 마주앉은 두 사람은 밥을 만 순댓국을 맛있게 먹기 시작했다.

잠시 후, 일하는 아주머니가 좁은 통로를 지나 다가와서는 머리고기가 담긴 접시를 테이블 위에 내려놓았다.

"머리고기 서비스를 깜박했네."

"아, 고맙습니다."

"필요한 거 있으면 바로바로 말해요."

바로 그때, 채빈이 전혀 예상치 못한 이변이 일어났다. 이계에서 온 이 아가씨가 밥을 먹던 손을 멈추고는 아주머니를 향해 그간 연습해 온 한국어를 내뱉는 것이 아닌가.

"좆같습니다."

"네?"

"국밥 맛이 참 좆같소. 찬도 하나같이 좆같소. 주인장의 음식솜씨는 정말로 좆같기 이를 데 없군요."

"저기, 아가씨. 미안한데 잘 못 들었수."

아주머니가 한쪽 눈을 찡그리며 가까이 다가섰다. 연호제의 목소리가 작아서인지, 주위가 시끄러워서인지, 혹은 둘 다인지.

어쨌든 아주머니가 제대로 듣지 못한 건 채빈에게 천만다행이었다.

"아, 아니요! 외국인이라 한국말을 잘 못해요! 그냥 가시면 돼요."

채빈이 사색이 되어 허둥지둥 끼어들었다.

연호제는 뭔가 더 말하려는 눈치였지만 채빈의 우악스럽게 일그러진 얼굴이 허락하지 않았다. 아주머니는 의아한 얼굴로 고개를 갸웃거리더니 주방 쪽으로 돌아섰다.

"왜 그렇게 당황하지? 내가 뭔가 잘못 말했나?"

"그, 그런 건 아니고 아주머니가 바쁘니까."

"내가 훼방을 놓은 것인가."

"아니 또, 훼방이라고 할 것까지야……. 시, 식겠다. 얼른 먹어."

채빈은 황망히 수저를 쥐고 순댓국을 퍼 먹었다. 연호제도 흐트러진 머리칼을 귀밑으로 쓸어 넘기고는 다시 숟가락을 쥐었다. 채빈이 눈치를 보며 슬쩍 말을 던졌다.

"의외로 붙임성이 있네?"

"어?"

"아니, 별로 그런 말 안 할 것 같은데. 나쁜 뜻은 아니고."

무표정으로 경직되어 있던 연호제의 얼굴이 희미한 미소를 살며시 띠었다. 그것은 채빈이 본 최초의 미소였다.

"보통은 하지 않지."

"보통은… 이라니?"

"그냥 말하고 싶었다, 그리운 손맛이 나서."

연호제는 큰언니의 그리운 얼굴을 떠올리고 있었다. 꽤나 오랜 세월이 흘렀지만 뇌리에 남아 있는 가족들의 얼굴은 여전히 생생하기만 했다.

채빈은 더 묻지 않았다. 보는 것만으로 어쩐지 짐작이 갔다. 연호제가 품은 사연의 무게, 그리고 언제 폭발할지 모르는 격정적인 슬픔이 젖은 두 눈을 통해 여실히 보이는 듯했다.

채빈은 부지런히 순댓국을 퍼 먹었다. 목이 메어와 몇 번이나 물을 마시면서.

식사가 끝나고 밥값은 연호제가 지불했다. 준비성도 철저하게 한국 돈을 구비한 그녀를 보고 채빈은 등 뒤에서 혀를 내두르고 있었다.

"정말 이걸로 괜찮은가?"

그렇게 묻는 연호제의 손엔 거스름돈 2,000원이 쥐어져 있었다.

"8,000원밖에 쓰지 않았다. 한국 돈의 가치는 어렴풋이나마 알고 있다. 혹시 또 원하는 게 있다면……."

채빈이 지긋지긋하다는 얼굴로 그녀의 말을 잘랐다.

"잘 먹었고 배부르니까 됐어. 이제 어떡할 거야?"

"돌아가야겠지."

"데려다 줄게."

"아니, 그럴 것 없다."

연호제가 틈도 들이지 않고 손을 내저으며 한 발 물러섰다.

"택시를 타고 가겠다."

"택시를 탄다고? 택시도 탈 줄 알아?"

"한 번 타본 적이 있다. 그다지 어려운 일도 아니지 않나."

채빈은 더 집을 구실이 없이 고개를 끄덕였다.

"그래, 그럼… 무슨 일 있으면 바로바로 연락해."

"알겠다."

"아무 때고 괜찮아. 한밤중이라도 상관없으니까."

"그렇게 하지."

"언제쯤 또 만나게 될까?"

연호제는 두 눈을 치켜 올리고 잠시 생각하더니 대답했다.

"특별한 일이 없더라도 서로의 근황을 보고할 겸, 적어도 일주일에 한 번씩은 만났으면 좋겠군."

"그래, 괜찮은 생각이네."

"연락하지."

"택시 잡아줘?"

"알아서 잡겠다."

말을 마치기가 무섭게 연호제는 돌아서서 등을 보였다. 순식간에 길 너머로 삼켜지는 연호제를 향해 채빈이 소리쳐 말했다.

"조심해서 가!"

안 들렸을 리가 없는데 연호제는 손 한 번 들어 보이지도 않고 자취를 감춰 버렸다. 채빈은 불만스럽게 코를 한 번 찡그리고는 스쿠터에 올라 시동을 걸었다.

'좀 피곤하네. 마왕성에서 한숨 자둘까.'

저녁에는 재경과 세만을 만나기로 약속이 되어 있었다. 채빈은 입을 툭툭 쳐서 나오는 하품을 되밀어 넣고 집을 향해 스쿠터를 몰았다.

"나가서 먹자고요?"

"그래요. 외식한 지도 오래됐는데 간만에 근사하게 고기 좀 썰죠. 제가 예약해 뒀습니다."

세만의 말에, 재경은 장을 보러 가려고 집었던 외투를 도로 내려놓았다.

그녀의 두 눈은 자신이 입은 옷을 내려다보고 있었다. 일할 때 곧잘 입곤 하는 체크셔츠와 청바지가 유난히 허름하게 느껴졌다.

"채빈이 몇 시쯤에 온대요?"

"7시에 식당에서 만나기로 했어요. 30분 남았네요."

"뭐라고요?!"

"깜짝이야. 왜 그렇게 놀라요?"

재경은 달아오른 얼굴로 허겁지겁 외투를 걸치고는 세만에게 식당 열쇠를 던지며 말했다.

"집에 좀 다녀올게요. 죄송하지만 가게 문, 세만 씨가 닫아 줄래요?"

"거야 문제가 없는데, 왜요?"

둔감하게도 세만은 재경이 치힌 문제를 전혀 짐작하지 못하고 있었다.

"일이 있어서 그래요. 아, 어디로 가실 건데요?"

"빕이요. 고가 옆 빌딩에 있는 가게 아시죠?"

"네네, 알았어요. 최대한 빨리 갈게요."

재경이 쏜살같이 가게를 뛰쳐나갔다. 세만은 후줄근하게 늘어진 트레이닝복을 질질 끌며 재경 대신 가게 문을 닫고는 담배 하나를 물고 길을 나섰다.

"일찍 왔네."

식당에 도착해 보니 채빈은 이미 와 입구 옆 대기석에서 기다리고 있었다. 읽고 있던 잡지를 옆에 내려놓으며 채빈이 대답했다.

"벌써 7시 10분인데요. 누나는요?"

"일이 생겨서 집에 좀 들렀다 온대."

"금방 오겠죠, 뭐. 늑장 부리는 사람은 아니니까."

그러나 예상과 달리 30분이 지나도록 재경은 나타나지 않았다. 채빈과 세만은 평범한 남자로서 재미라고는 전혀 느낄 수 없는 여성잡지를 무의미하게 넘겨대고 있었다.

"저기, 손님……?"

직원이 다가와 넌지시 말을 건넸다. 더는 지체할 수가 없어 세만과 채빈은 자리에서 일어섰다.

"먼저 들어가서 시켜놓자."

"그래야겠네요."

두 남자가 직원의 안내를 받아 안으로 들어설 때였다.

"늦어서 죄송해요."

채빈이 걸음을 멈추고 몸을 뒤로 돌렸다. 입구를 통해 들어서는 재경의 모습이 그의 시야를 가득 채우고 있었다. 재경이 어째서 늦게 되었는지를 깨달은 순간이기도 했다.

언젠가 이토록 예뻤던 재경을 본 기억이 채빈에게는 남아 있었다. 하지만 지금의 재경은 그날보다도 몇 배나 아름다웠다.

화장은 요란스럽지 않으면서도 감각적으로 기품을 살리고 있었고, 타이트한 자줏빛 원피스 위에 걸친 검은 하프코트는 멋들어지게 조화를 이루고 있었다.

 채빈이 느낀 벅찬 감동은 그것으로 끝이 아니었다. 스커트 끝자락에서부터 보이는 아래는 또 어떠한가.

 항시 청바지로 가려져 있었던 눈부신 각선미를 오늘 재경은 훤히 드러낸 참이었다. 스타킹으로 감싸인 쭉 뻗은 다리가 기가 막힌 곡선을 이루며 하이힐까지 막힘없이 이어져 내려오고 있었다.

 "아직 안 들어간 거야? 기다리고 있었어?"

 재경은 쑥스러움으로 얼굴을 붉히면서도 태연한 척 딴청을 부리며 묻고 있었다.

 두리번거리는 그녀의 얼굴을 따라 단아하게 묶어 올린 머리끝과 두 귀의 크리스털 귀걸이가 귀엽게 흔들리고 있었다.

 "이거야 원, 저하고는 전혀 일행으로 안 보이는데요."

 트레이닝복 차림의 세만이 자신의 모습을 내려다보며 중얼거렸다. 그러더니 멀거니 선 채빈의 등을 찰싹 때렸다.

 "이제 정신 차려."

 "제, 제가 뭘요."

 채빈은 다급히 내뿜던 콧김을 멈추고 허리를 꼿꼿이 폈다.

 "이쪽입니다, 손님."

"네, 네. 자, 들어가시죠."

비로소 셋은 직원의 안내에 따라 자리를 잡고 앉았다. 의도된 것은 아니었지만 채빈과 재경이 나란히 앉고 그 맞은편에 세만이 혼자 앉게 되었다.

"여기 분위기 좋죠?"

"그러게요. 몇 번 지나가면서 밖에 본 적은 있는데."

현란한 샹들리에를 쳐다보며 재경이 말을 받았다. 그녀가 코트를 벗자 체취 섞인 향수의 냄새가 날아와 채빈을 아찔하게 만들었다.

이렇게 될 줄은 몰랐다. 가슴이 폭발할 것처럼 뛰면서 그간 묵혀두었던 재경을 향한 감정이 되살아나고 있었다.

주문한 스테이크가 나오고, 세 사람은 식사를 하면서 이런저런 이야기를 나누었다. 대화가 진행되면서 채빈은 흥분을 가라앉히고 서서히 예전의 분위기를 되찾을 수 있었다.

"…그래서 이제 회사로 가시면 자주 못 보겠네요."

"여기 그대로 산다니까요. 재경 씨 분식집으로도 매일 출근할 거니까 걱정하지 마세요. 건 그렇고 채빈이 이놈은 같이 일하자고 해도 그렇게 거절을 해대네요."

"항상 바쁘니까요, 채빈이는. 그치?"

재경이 짓궂은 척 옆의 채빈을 흘겨보며 말했다. 채빈은 웃으며 스테이크 한 조각을 썰어 입에 넣고 우물거렸다.

역시 만나니까 좋았다. 다른 말로 표현할 길이 없었다. 좋은 사람들과 함께 있는 시간은 좋을 수밖에 없었다.

"화장실 좀 다녀올게요."

대화가 잠시 끊긴 틈을 타 채빈이 일어섰다. 세만도 포크와 나이프를 내려놓더니 뒤따라 일어서고 있었다.

"나도 가자."

"누나 혼자 있는데 좀만 참아요."

"야, 갑자기 신호가 오는데 어떡해."

"괜찮으니까 다녀오세요."

"금방 올게, 누나."

채빈과 세만이 자리를 뜨고 혼자 남은 재경은 턱을 괸 채 창밖을 바라보았다. 노심의 야경이 오늘따라 더없이 아름다웠다.

설렘으로 들뜨는 기분을 만끽하며 그녀는 식사 후의 일정을 생각했다. 이 즐거운 분위기를 유지해 술 한잔하러 가는 것도 좋을 것이다.

드르륵!

귀 따가운 진동음이 재경의 달콤한 상상을 깨뜨렸다.

재경은 턱을 괴고 있던 손을 거두고 소리가 난 쪽으로 시선을 던졌다. 테이블 위에 놓여 있는 채빈의 핸드폰이 몸을 떨어대고 있었다.

'금방 와서 받겠지.'

재경은 진동이 크게 울리지 않도록 티슈 위에 핸드폰을 올려두었다.

한참이 지나 핸드폰의 진동이 멎었다. 그러나 몇 초 후, 다시 진동이 시작되었다.

'왜 이렇게 늦지?'

재경이 근심스런 눈빛으로 화장실 쪽을 바라보았다. 벌써 10분은 족히 지났는데도 채빈과 세만은 돌아올 기미가 없었다.

채빈의 핸드폰은 계속 뒤흔들리고 있었다.

'일단 내가 대신 받아야 하나.'

어쩌면 급한 전화인지도 모르는 일이다. 재경은 고민 끝에 손을 뻗어 채빈의 핸드폰을 집었다. 액정 위에는 '연호제'라는 이름이 떠오르고 있었다.

재경은 목을 가다듬고 전화를 받았다.

"네, 이채빈 핸드폰입니다."

―죄송하지만 그대는 누구입니까?

여자의 날카로운 목소리가 되돌아왔다. 재경은 조금 당황스러웠지만 차분함을 잃지 않은 목소리로 또박또박 대답했다.

"지금 채빈이가 잠깐 자리를 비웠어요. 저는 채빈이가 아는 누나예요. 전화가 계속 오길래 급한 용무일 것 같아서 대신 받았습니다."

―아……. 죄송합니다. 뭐라고 하셨습니까?

상대가 재차 물었다. 상대의 한국어 능력이 부족한 탓이었지만, 재경은 자기 목소리가 작아서 못 들은 줄 알고 손으로 입을 가리며 목소리를 조금 높였다.

"지금 채빈이가 잠깐 자리를 비웠다고요."

―아아, 음……. 전해주십시오. 다급한 용무가 생겨서 지금 막 찾아와 도착한 참이니 저에게 연락을 주세요.

비로소 재경도 상대의 억양이 이상하다는 것을 느꼈다. 이름도 그렇고 중국인이 아닐까 싶은 생각을 하며 재경이 대답했다.

"아, 네. 알겠습니다. 그렇게 전할게요."

―고맙습니다.

전화가 끊겼다. 잠깐 통화했을 뿐인데 재경은 이상하게 열이 올라 손으로 부채질을 했다. 잠시 후, 채빈과 세만이 함께 자리로 돌아왔다.

"미안, 늦었지?"

"괜찮아."

"세만이 형이 혼자 있는 거 싫다고 계속 앞에서 기다려 달라잖아. 그렇게 일도 한참이나 보더니 소화제 먹겠다고 약국까지 다녀왔어. 아주 끝장이지."

"세만 씨 자주 그러던데 걱정이네. 아, 그것보다 너 전화 왔었어."

"전화?"

"연호제라는 이름이던데."

채빈이 두 눈을 휘둥그레 치켜떴다.

"뭐라는데?"

"연락 달래. 근데 한국인 아니지? 발음이 좀 어색하더라."

"어, 어……. 하하."

채빈이 대답을 얼버무리며 핸드폰을 들었다. 그러고는 자못 심각해진 얼굴로 전화를 되걸며 자리에서 일어섰다. 재경은 온 길을 되돌아 화장실로 향하는 채빈의 뒷모습을 바라보며 아랫입술을 살며시 깨물었다.

안락하던 분위기에 균열이 일고 있었다. 그 여자는 누구일까. 이 시간에 무슨 일로 전화를 한 걸까.

"누나, 형. 미안한데 나 급한 일이 생겨서……."

이윽고 통화를 끝내고 돌아온 채빈이 그렇게 말했을 때, 재경은 실망한 기색을 도저히 감출 수가 없었다. 세만이 재경의 눈치를 보며 채빈을 나무랐다.

"갑자기 무슨 급한 일인데?"

"아, 외국에서 온 친군데 좀 사고를 당한 거 같아요. 지금

가서 안 도와주면 힘들 것 같아서요. 최대한 빨리 해결하고 올게요."

"최대한 빨리? 얼마나 걸리는데?"

채빈은 재빨리 머리를 굴려 계산하더니 대답했다.

"한 시간 반이요. 2차 어디 가 계세요. 일 끝내고 바로 와서 합류할 테니까."

"서두르지 말고 천천히 다녀와."

재경이 초승달 모양의 두 눈으로 웃으며 말했다. 채빈은 빨리 돌아오겠다는 말을 몇 차례 반복하고는 후다닥 자리를 떴다.

제3장

보관소

이계
마왕성

"어쩐 일이야?"

한밤의 서울대공원은 조명도 거의 없이 깜깜했다. 저편에서 서울랜드의 바이킹과 롤러코스터가 반짝이는 불빛으로 허공을 수놓고 있었다.

채빈과 연호제는 이제 곧 문을 닫을 듯한 매점 옆의 벤치에 나란히 앉았다.

"보여줄 게 있어서 말이지."

"보여줄 거?"

연호제가 품속에서 무엇인가를 꺼냈다. 어둠 속에서 두 눈을 가늘게 뜨고 그것을 확인한 채빈은 소스라치게 놀랐다.

"이거, 권총?"

액션영화에서나 볼 법한 검은색의 권총이었다. 채빈은 밀리터리에 관한 지식이 부족했지만 감으로도 알 수 있었다.

눈앞에 있는 이 총은 장난감이 아닌 진짜 총이다! 채빈은 청소하는 매점 주인의 눈치를 살피며 웃옷으로 권총을 눌러 덮었다.

"이, 일단 숨겨."

"왜지?"

"여기선 이런 무기 가지고 다니면 안 돼. 잡혀가."

"잡혀간다고? 관군에게?"

"그래, 관군한테! 이런 거 소지하는 거 자체가 범법이야."

"그렇군."

연호제가 납득하고는 품에 권총을 도로 넣었다. 비로소 채빈은 한숨을 내쉬며 등받이에 몸을 기댔다.

마왕성을 접한 이래 권총보다 훨씬 대단한 무기들을 수없이 보아왔지만, 역시 지구인으로서 놀랄 수밖에 없었다.

"무기의 이름은 베레타라고 하더군."

"베레타?"

"그 뒤에 자질구레한 명칭이 더 붙어 있었지만 기억이 나질 않아."

채빈의 귀에도 익은 이름이었다. 가만 생각해 보니 어릴 때 가지고 놀던 B.B.탄 장난감 총의 이름도 베레타였다.

"근데 이거 어디서 났어? 설마 훔친 건 아니지?"

"직접 만들었다."

"만들었다고?"

"내 마왕성의 공작소에서 합성했어. 연막탄과 잭나이프를 합성했더니 이게 나온 거야. 탄환도 100발이나 생기더군."

공작소의 합성 결과물이 베레타 권총이라니. 생각지도 못한 연호제의 발언에 채빈은 한동안 어리둥절했다.

"아니, 이해가 안 가는 것도 아니지."

채빈이 스스로를 납득시키듯 중얼거렸다. 자신 역시 천화지와 모룰룸의 특색이 담긴 무기들을 제작하고 합성하지 않았는가.

지구의 무기를 만들어낸 연호제를 딱히 신기하게 바라볼 필요는 없는 것이다.

"정말 보여줄 건 이제부터다."

"또 있어?"

연호제가 자리에서 일어섰다. 그녀의 두 눈은 매점 너머 어둠에 잠겨 있는 서울대공원 쪽을 바라보고 있었다.

"못 가져온 게 있어. 그대가 함께 가서 봐줬으면 한다."

"그거야 문제는 없는데, 어디로?"

"천화지로."

채빈은 살며시 손목을 들고 시계를 보았다. 한 시간 반이면 돌아갈 거라고 약속했는데 천화지까지 갔다가 그 약속을 지킬 수 있을까.

이런 무기를 보여주려는 거라면 딱히 급한 일도 아니니 나중으로 미루고 싶었다.

"일정이 있나?"

채빈의 근심스런 기색을 읽고 연호제가 물었다. 채빈은 끄응, 소리를 내며 일어나 어렵사리 대답했다.

"음, 조금……. 시간이 있긴 한데."

"30분 정도도 어려운가?"

"아, 그 정도면 괜찮아."

"그럼 어서 가자."

연호제가 지체없이 걸음을 내딛었다. 채빈도 서둘러 그녀의 뒤를 따랐다.

두 사람은 대공원의 외곽을 끼고 정문과는 멀리 떨어진 지점을 향해 계속 걸었다. 그리고 이내 높다란 담벼락 앞에 도착했다.

"여기로 넘어가면 바로 내 통로가 있다."

휘이익!

말을 마친 순간 연호제의 몸이 허공으로 떠올랐다. 그녀는 깃털처럼 가볍게 담벼락 위에 올라서서 채빈을 내려다보며 손짓했다.

"어서 올라와."

"젠장."

경공이 없는 채빈은 근력으로 기어오르려고 담벼락을 붙잡았다. 그러나 이내 두 가지 이유로 시그너스 아머를 발동시켜 몸에 장착했다.

혹시나 누군가에게 들키더라도 시원이 노출될 염려가 없고, 레비테이션 윙을 사용하면 편하니까.

부우웅!

백색 갑옷을 입은 채빈은 레비테이션 윙의 힘으로 가볍게 날아올랐다. 담벼락을 넘어 착지하자 연호제가 신기하다는 듯이 바라보며 물었다.

"그것도 합성의 결과물인가?"

"아니, 이건 제작한 거야. 그리고 강화는 좀 했지."

"그렇군."

"장비 깨질까봐 7강까지만 하고 말았어."

채빈의 말에, 연호제가 고개를 주억거리며 중얼거렸다.

"으흠······. 그래, 그게 있었군."

"뭐가?"

"그대에게 사례할 만한 게 떠올랐다. 일단 가지."

무엇으로 사례를 한다는 것일까. 채빈은 궁금함을 억누르고 연호제를 따라 어둠을 갈랐다. 어차피 가보면 알게 될 일이었다.

연호제는 맹수사의 구석 한쪽으로 채빈을 인도했다. 그곳엔 폐쇄된 직사각형 창고 건물이 야트막한 비탈과 면해 세워져 있었다.

연호제는 그리로 다가가 쇠사슬을 풀고 문을 열었다.

"여기가 입구야?"

"그래. 들어와."

이렇게 연호제의 마왕성을 구경하게 되는 것인가. 어떤 모습을 하고 있을까. 시설은 얼마나 개발된 상태일까.

이런저런 궁금증으로 가슴을 부풀리며 채빈은 건물 안으로 들어섰다.

슈우우욱!

통로를 지나 던전관리소에 도착한 채빈은 복도로 나오자마자 편안한 감각을 느꼈다.

연호제의 마왕성이 띤 구조는 채빈의 그것과 전혀 다를 바가 없었던 것이다.

"크르르릉!"

"으헉!"

갑자기 복도 저편에서 거대한 개가 튀어나왔다. 온몸이 새카맣고 동공 없는 두 눈은 피처럼 붉었다. 길고 탄탄한 네 다리 끝에는 서슬 시퍼런 발톱이 살기를 머금고 박혀 있었다.

"얌전히 있어. 손님이시다."

연호제가 말했다. 그러자 곧바로 개는 경계를 풀고는 꼬리를 살랑살랑 흔들어댔다.

기어코 채빈에게 다가와서는 다리에 얼굴을 비벼대기까지 했다. 개의 타액으로 질펀해진 바지를 내려다보며 채빈이 말했다.

"네 크리쳐구나."

"헬하운드라고 해. 금방 자랐어."

"내 크리쳐도 그래. 예티라는 녀석인데 순식간에 크더라."

채빈이 몸을 숙이고 헬하운드의 머리를 쓰다듬어 주었다. 헬하운드는 기분이 좋은 듯 두 눈을 가늘게 뜨고 혀를 내밀며 헉헉거렸다.

"나를 완전히 신뢰하는군."

"그런 것 같네."

"너도."

"어?"

"아니, 됐어."

실은 아무 망설임도 없이 자신의 마왕성을 보여준 연호제에게 조금은 감동한 채빈이었다. 말로 표현하기엔 어쩐지 낯

뜨거운 기분이 들어 채빈은 화제를 돌렸다.

"보여줄 건 뭐야?"

"아, 저쪽이다."

연호제는 복도 끝의 방으로 채빈을 인도했다. 문 위에 글귀가 적힌 팻말이 박혀 있었다.

─보관소(Lu.1)

"보관소? 이런 시설도 있었어?"

"그대에게는 없나?"

"어, 난 아직 못 만들었는데."

"던전 공략이 부족한가 보군. 꽤나 유용한 시설이지."

그렇게 말하며 연호제가 보관소의 문을 열었다. 널찍한 공간이 나타났다. 병기와 약병을 비롯해 온갖 자질구레한 물품들이 사방에 나뒹굴고 있었다.

그러나 정작 채빈의 시선을 끈 건 방 한구석에 늠름하게 세워져 있는 스포츠카였다.

"이거 람보르기니 아냐?!"

채빈은 기겁을 하며 스포츠카로 가까이 다가섰다. 오픈 형식에 유광의 멋진 파란색으로 외관을 장식하고 있었다.

"이거 인터넷에서 검색해 본 적 있어. 어디서 났어?"

"이것도 합성의 결과물이다."

"우와, 끝내준다. 이거 풀 옵션 땡기면 5억은 그냥 넘을 걸?"

채빈은 한 마리 날치처럼 잘빠진 스포츠카를 이리저리 둘러보며 감탄을 연발했다. 역시 마왕성이라는 건 껍질을 벗기면 벗길수록 놀라운 일이 질리지도 않고 튀어나오는구나.

연호제는 어린아이처럼 흥분을 감추지 못하고 있는 채빈의 등을 가만히 바라보고 있었다. 그런 채로 한동안 생각에 잠겨 있다가 한 걸음 다가서 물었다.

"마음에 드는가?"

"내 마음에 들어서 뭐해? 어쨌든 당연히 들긴 들지."

"그럼 그대에게 주도록 하시."

"뭐?"

"사실 이 달구지의 사용법을 물어보려는 것이 목적이었지만, 그대가 훨씬 유용하게 사용할 수 있을 것 같으니까."

"아니, 그건 아냐."

기뻐할 줄 알았던 연호제의 예상을 뒤집고 채빈은 그 자리에서 거절했다.

"등록도 안 된 이런 차는 범법이 아닌 한 지구에서 그냥은 못 몰아. 마음은 고마운데 이건 그냥 네가 써. 천화지에서 이런 걸 끌면 시선은 좀 끌겠지만."

"으음, 지구인의 사정은 여러모로 복잡하군."

"건 그렇고, 여긴 그냥 이게 다야?"

채빈이 널찍하기만 한 보관소 내부를 한 바퀴 돌아보며 의아한 듯이 물었다.

그가 보기에는 단순한 창고 그 이상도 이하도 아니었다. 그저 넓은 창고 역할일 뿐이라면 굳이 개발할 필요가 없을 듯했다.

"그다지 특징은 없어 보이는데. 아, 다른 시설을 개발하기 위해 어쩔 수 없이 거쳐 가야 하는 그런 단계?"

"아니, 아까도 말했듯이 이건 매우 유용한 시설이다."

연호제가 바닥 한쪽으로 다가가 나뒹굴고 있던 양피지를 주워들었다. 그건 채빈의 눈에도 익숙한 상자 보상 안내서였다.

"그거 보상 안내서잖아."

"맞아. 던전을 공략하고 나면 나오는 안내서지. 내가 하려는 얘기가 그것이다. 보상을 번거롭게 챙기지 않고 맨몸으로 던전을 빠져나와도 돼. 알아서 이 보관소로 옮겨지니까."

"오호, 그런 기능이 있구나."

채빈이 고개를 끄덕이며 말을 받았다. 조금 애매하긴 해도 유용하지 않다고는 할 수 없는 시설인 것이다.

비록 아직까지 직접 옮기기가 힘들 정도로 무겁거나 부피가 큰 보상이 나온 적은 없지만, 앞으로 또 어떤 거대한 보상이 나올지 모르는 일이니까.

연호제의 설명이 계속되었다.

"더불어 공작소에서 합성한 물품도 이곳으로 옮겨진다. 설정을 그렇게 해두면 돼. 이 커다란 달구지도 내가 직접 옮긴 게 아니야."

"공작소 물품도? 관리하긴 편하겠네."

채빈이 입술을 동그랗게 말고 놀라움을 표시했다. 실상 그렇게까지 대단하다고 느낀 것도 아니었고, 연호제의 기분을 맞춰주려 반응에 신경을 썼을 뿐이었다.

'굳이 개발하지 않아도 되겠는데.'

상위시실의 개빌을 위한 필수 딘게가 아니라면 넘어가도 괜찮겠다고 채빈은 생각했다. 그러나 연호제의 설명은 아직도 끝을 맺지 않은 상태였다.

"그러나 무엇보다 대단한 건 연결기능이다."

"연결기능?"

"자신이 속한 세계의 원하는 특정 지역과 이 창고를 연결시킬 수 있다. 굳이 마왕성으로 올 것 없이 연결된 그곳에서 창고를 이용할 수 있는 것이지. 이 기능 덕분에 아무리 거대한 물품을 만들더라도 바깥 세계로 가지고 나갈 수 있다."

"우와!"

이것만은 채빈도 진심으로 놀라고 있었다.

연호제는 채빈의 멎기를 기다렸다가 말을 이었다.

"게다가 시험해 보니 통로로서 응용도 가능하더군."

"통로로?"

"그래, 자신의 세계 어느 한곳에 창고로 연결해 둔 지점에서도 마왕성으로의 진입이 가능하니까. 즉 마왕성으로 갈 수 있는 길이 두 개로 늘었다는 거지."

"신박한데?!"

"일단 내 보관소는 Lv.1이라서 한 곳만 연결이 가능하다. 그런데 설명을 보니 Lv.2가 되면 연결할 수 있는 지점이 하나 더 늘어난다는군."

"와……!"

"그것뿐만이 아니야. 계속 레벨을 올리면 자신이 속하지 않은 다른 두 세계의 특정 지역으로도 연결시킬 수 있게 되는 것 같아. 그대의 경우엔 천화지와 로쿨룸으로."

"쩐다, 진짜!"

물론 지금도 던전을 통해 해당 세계로 진입할 순 있었다. 당장 엘리아를 만나기 위해서라면 칸체레 수도원 던전에 들어갔다가 그곳에서부터 찾아가면 되니까.

하지만 이 창고의 기능을 이용하면 한 방에 엘리아의 집까지 이동할 수도 있다는 얘기가 된다. 편리성 측면에서 비교가 안 되었다.

"나는 지금 살고 있는 선하촌 근처의 폐광으로 이 창고를 연결해 둔 상태다. 정말 편해. 본래 입구는 동황루 근처에 있어서 몹시 번거로웠거든."

"하긴, 거긴 네 적들이 잔뜩 깔린 곳이니까."

연호제의 말에 장단을 맞추면서도 채빈의 머릿속은 온통 보관소 시설로 꽉 차 있었다. 더는 고민할 여지도 없었다.

던전 전리품과 공작소의 물품까지 자동보관인 데다 바깥 세계로 연결시킬 수도 있고 통로의 기능까지 겸비! 채빈은 당장 자신의 마왕성으로 돌아가서 던전을 공략하고 개발하고 싶은 충동에 휩싸였다.

"아, 설명하느라 잊있군."

"또 있어?"

연호제가 창고의 구석 쪽으로 가더니 놓여 있던 가죽부대로 손을 넣었다. 거기에서 꺼내든 건 작은 돌멩이 세 개였다. 두 개는 적갈색을 띠고 있었고, 한 개는 암회색이었다. 그녀는 돌멩이를 채빈에게 건네며 말했다.

"핸드폰의 사례다."

"사례?"

채빈은 어안이 벙벙한 표정으로 돌멩이들을 받아들었다. 연호제가 가느다란 손가락으로 하나씩 가리키며 설명을 덧붙였다.

"적갈색 돌멩이는 보호석이다. 공작소에서 물품을 강화할 때 함께 올리면 실패하더라도 수치가 내려가지 않아."

"우와!"

"그리고 암회색 돌멩이는 축석이다. 강화 확률을 올려주지. 더 주고 싶지만 가진 게 이것뿐이군."

"우와악!"

채빈은 돌멩이가 담긴 두 손아귀를 벌벌 떨며 환호했다. 이런 물품도 있었다니.

평생 시그너스 아머 7강으로 만족해야 할 줄 알았다. 도저히 깨질 위험을 감수하고 강화를 지를 배짱은 없었으니까.

"이, 이건 어디서 났어?"

"로쿨룸 쪽의 던전을 공략하니까 주더군."

"진짜 대리자마다 다 다른가 보네. 난 이런 거 한 번도 안 나왔는데."

거기까지 말하던 채빈이 뒤늦게 떠오른 생각으로 넌지시 물었다.

"근데, 너도 써야 되는 거 아니야? 이건 돈 주고 살 수도 없는 물건인데 그냥 받기 좀 그런데."

"말했듯이 사례다. 그리고 당장은 딱히 강화할 만한 물품도 가지고 있지 않아."

"그래⋯⋯. 고맙다."

채빈은 주섬주섬 돌멩이들을 주머니에 챙겨 넣었다. 빨리 자신의 마왕성으로 돌아가서 시그너스 아머를 강화해 보고 싶은 마음이 간절했다.

"그만 돌아가야지?"

"어?"

"일이 있지 않았나? 30분이 거의 다 지나려고 하고 있어."

"아아!"

그제야 채빈은 잊고 있던 세만과 재경을 떠올렸다. 아마 지금쯤이면 식사도 다 끝났고 2차를 할 만한 술집을 찾아 나섰을 것이다.

"그래, 까먹고 있었다. 나 일단 돌아갈게."

간만의 약속인 데다 예쁘게 치장까지 하고 나온 재경을 실망시키고 싶지 않았다. 부리나케 보관소를 나서는 채빈의 뒤를 연호제가 따랐다.

"어디로 가야 되지?"

"던전관리소로 가야지. 서울대공원 던전으로 연결되는 통로가 거기 있으니까."

"그렇지. 역으로 생각하니까 은근히 헷갈리네."

연호제가 던전관리소에서 서울대공원 던전으로 연결되는 마법진을 활성화시켰다. 마법진으로 들어서려는 채빈에게 연호제가 말했다.

"바래다줄까."

"아니, 괜찮아. 내가 사는 세곈데 무슨 배웅이야. 여기서 헤어지자."

"알겠다. 부탁 하나만 해도 될까. 돌아가면 창고 입구의 쇠사슬 좀 매줘."

"어렵지 않지. 알았어. 오늘 진짜 고마웠어. 조만간 또 봐."

"그래."

마법진에서 빛이 휘몰아쳤다. 채빈은 순식간에 서울대공원의 폐쇄된 창고 안으로 이동되었다.

창고를 나온 채빈은 연호제에게 부탁받은 대로 입구를 쇠사슬로 묶고, 담벼락을 넘어 대공원을 빠져나왔다.

'보관소……! 보관소……! 보관소……!'

스쿠터를 타고 달리는 내내 채빈은 방금 본 연호제의 보관소 생각만 했다.

자신이 연호제에게 도움을 준 것이 아니었다. 오히려 새로운 것을 배우고 도움을 받은 건 자기 자신 쪽이었다.

'아, 자동차 운전하는 법 안 가르쳐주고 그냥 왔네.'

돌아오고 나서야 당초 연호제가 자신을 불렀던 이유를 떠올리는 채빈이었다.

자신의 일만 생각하느라 연호제의 목적도 잊어버리고 말

왔던 것이다.

'휘발유 사들고 가서 다음엔 그것부터 가르쳐줘야지.'

재경과 세만에게는 미안했지만 2차 따위는 안중에도 없었다.

채빈은 다시금 앞으로의 계획을 곱씹었다. 극선풍류를 빠른 시일 안에 마스터하고 남은 던전들을 공략해야지. 스쿠터의 속도는 점점 빨라져 순식간에 대로를 관통하고 있었다.

그와 같은 시각.

로쿨룸 대륙 마왕성의 대리자도 보관소를 이용하고 있었다.

보관소 한가운데에는 지구의 2차 세계대전에 사용되었던 B-29 폭격기가 놓여 있었다.

이리저리 움직이며 폭격기를 살피는 자는 드워프 그라즈였고, 조금 떨어진 곳에 벽을 기대고 서서 바라보는 자는 로이드 모빅이었다.

그라즈는 로이드의 명령으로 벌써 사흘째 폭격기를 조사하고 있는 중이었다. 로이드가 원하는 것은 이 폭격기의 조종법이었다.

"어떻소? 뭔가 알아낸 거라도 있나?"

"대충은 알겠수다."

그라즈가 두 손을 허리에 얹고 작달막한 몸을 쭉 펴고 섰다. 작업복이 온통 기름때와 땀으로 범벅이었다.

"석탄에서 추출한 공업용 연료를 쓰면 되겠고……. 일단 작동은 되는데, 비행시험을 하려면 좀 넓은 데로 옮길 필요가 있겠소."

"어째서?"

그라즈가 폭격기 밑의 바퀴를 발로 툭툭 걷어차 보였다.

"비행선처럼 그 즉시 날아오를 수 있는 게 아니오. 일단 지면에서 달리게 한 다음 양 날개에 양력을 받아야지."

로이드는 그라즈의 설명에 토를 달지 않고 고개를 끄덕였다. 그라즈만큼 머리가 비상하고 손재주도 좋은 공방 기술자는 대륙 전체를 통틀어도 손에 꼽을 정도일 것이다.

루이제와 계약하러 잊혀진 황무지에 찾아갔다가 그라즈를 얻은 건 실로 행운이었다.

"알겠소. 며칠 내로 적당한 장소를 준비하지."

"그리고 하나 더."

"뭐지?"

그라즈는 잠시 망설이는 기색을 보였다가, 이내 조종석을 손으로 콩콩 두드리며 말을 이었다.

"시험비행을 할 때 조종할 자가 필요하오."

"알겠소."

"간단한 문제가 아니오. 자칫하면 죽을 수도 있소."

"죽어도 될 만한 자를 준비하지."

로이드는 어디까지나 대수롭지 않게 대답했다.

사람을 소모품처럼 표현하는 그의 말에 그라즈는 새삼 오한을 느꼈다.

그간 로이드를 보아온 그라즈는 이제 알고 있었다. 일면 점잖은 모습 속에 도사리고 있는 악마의 정체를.

'나 역시 언젠가 이용가치가 떨어지면……'

공구를 쥔 그라즈의 손이 부들부들 떨려왔다. 항시 귀 따갑게 잔소리만 해대던 딸이 이 순간 너무도 보고 싶어졌다.

"무슨 근심이라도 있나?"

그라즈는 떨어뜨리고 있던 고개를 번쩍 들었다. 로이드가 망토를 펄럭이며 돌아서고 있었다.

"걱정하지 마시오. 당신에게는 아무런 해도 입히지 않아. 내가 계획한 모든 일이 끝나면 무사히 돌려 보내주지. 온당한 보상과 함께."

"……."

그라즈는 차마 어째서냐고 묻지 못했다. 얼마나 길게 지속될 계획인지, 정말로 일이 끝나는 날이 오기는 하는 건지 두려워서 물어볼 수 없었다.

아내가 죽은 뒤로 한 번도 흘려본 적이 없는 눈물이 터질 것 같았기 때문이다.

그래서 그라즈는 피가 나도록 입술을 깨물며 눈물을 참았다.

다 늙은 드워프가 질질 짜는 건 주책이자 수치였다.

"다른 무기들의 정비도 문제없도록 부탁하오. 사흘 뒤에는 반드시 써야 하니까. 오늘은 이만 쉬시오. 수고하셨소."

"그러지."

그라즈가 목멘 소리로 겨우 대꾸했다. 로이드가 한발 먼저 보관소를 빠져나갔다. 그라즈는 힘 풀린 다리를 어쩌지 못하고 어두컴컴한 보관소에 주저앉았다.

제4장

도서관

이계
마왕성

'휴, 머리야……'

오전 10시.

재경은 평소보다 조금 일찍 가게에 나와 장사 준비를 서두르고 있었다. 어젯밤 마신 술 때문에 머리가 지끈거렸다.

하루 정도 쉬고 싶었지만 하필 오늘은 식자재가 오는 날이어서 어쩔 수 없이 나온 참이었다.

끼이익.

주방으로 들어가 냄비에 물을 받는데 문 열리는 소리가 났다.

떡볶이용 떡과 오뎅 배달이 왔구나 하고 나선 재경은 그 자리에 굳은 듯이 섰다.

"헤헤, 좋은 아침."

눈앞에는 배달기사가 아닌 채빈이 서 있었다.

양손에는 붕어빵 소스가 담긴 큼지막한 김치통도 하나씩 들고 있었다. 한동안 프라이어를 통해 배달을 시켰던지라 채빈이 직접 배달을 온 건 실로 오랜만이었다.

"어쩐 일이야?"

그렇게 묻는 재경의 목소리가 조금은 냉랭했다. 사실 이 쌀쌀맞은 반응은 채빈이 직접 찾아온 계기와 연관이 있었다. 바로 어제의 일 때문이었다.

어젯밤, 연호제를 만나고 돌아온 채빈은 재경과 세만과 합류한 이후에도 마왕성에 대한 생각을 떨치지 못했다.

2차로 간 술집에서도 멍하니 자기 잔만 또드락거리며 침묵을 유지했고, 볼링장에 가서도 하품만 연신 해대며 무성의한 게임을 했던 것이다.

세만은 크게 개의치 않았지만, 재경은 그런 채빈의 태도가 못내 섭섭했다.

그래서 볼링장을 나서자마자 그만 집에 돌아가야겠다고 굳은 얼굴로 말했다. 속으로는 채빈이 잡아줄 거라고 어느 정도 기대하고 있었다.

그러나 채빈은 그 기대를 여지없이 깨뜨렸다. 마치 기다리고 있었다는 듯이 재경의 말에 수긍하고 돌아선 것이었다.

 채빈은 예의상으로도 데려다주겠다는 말 한마디를 하지 않았다. 택시를 잡아준 것도 아니었다.

 그저 세만에게 재경 누나를 부탁한다는 말을 하고 휑하니 가버리고 말았다.

 화가 머리끝까지 난 재경은 세만을 붙들고 근처의 술집에 가서 마구 마셔댔다.

 그런데 술을 마시면 마실수록 어설픈 한국어로 전화를 걸었던 수상한 여자의 목소리가 자꾸만 귓가에 되살아나는 것이었다.

 채빈이는 어쩌면 그 여자를 만나러 간 건 아닐까? 그게 아니더라도 그 여자에 대한 생각 때문에 정신이 반쯤 나가 있었던 것일지도 몰라.

 부풀기를 거듭하는 망상 속에서 재경은 마시고 또 마셨다. 그런 끝에 만취 상태로 세만의 부축을 받아 새벽녘이 되어서야 귀가했던 것이다.

 바로 여기까지가 어젯밤에 있었던 일의 전말이었다.

 "어쩐 일이냐구?"

 재경이 행주를 잡아 짜증스럽게 탁탁 털며 재차 물었다. 아직 화가 풀리지 않은 재경은 채빈을 좋게 볼 수가 없었다. 채빈은 소스가 담긴 통을 테이블 위에 내려놓더니 우물쭈물하다가 넌지시 말했다.

"어제 미안."

"미안하다니, 뭐가 미안한데?"

재경은 전혀 모르겠다는 듯이 시치미를 뗐다. 채빈은 딴 곳으로 시선을 돌린 채 말을 잇고 있었다.

"어제 멍 때리고 분위기 망쳐서 미안하다고. 집에 돌아가니까 뒤늦게 생각이 났어."

"어이구, 그러셨어요."

"머리가 좀 복잡했거든."

"복잡하시겠지. 여기저기 만나러 다니시느라 얼마나 복잡하시겠어요."

"무슨 소리야?"

재경이 순간 몸을 움찔 떨었다. 이윽고 그녀는 붉어지는 얼굴을 숨기려 주방으로 쏙 들어갔다. 화가 난 나머지 속을 들킬 말까지 내뱉어 버리고 말았다.

재경은 자기 입술을 찰싹 때리며 후회했다.

"화 풀어, 누나. 어?"

"화 안 났어."

"화내고 가버렸잖아, 지금."

"물 올린 거 끓어서 보러 온 거야."

재경은 채빈에게 보이지 않는 주방 구석으로 가 벽에 등을 기대고 섰다. 어쩌면 이렇게 유치하고 솔직하지 못한 건지 한심스러웠다.

"내가 조만간 맛있는 거 사줄게."

"됐어."

"잘못했단 의미로 사줄게. 먹고 싶은 거 있음 말만 해. 어? 누나, 내가 진짜 잘못했어, 어제는."

  채빈의 진심 어린 사과가 거듭되고 있었다. 그에 따라 재경의 마음도 조금씩 누그러지고 있었다. 너무 화가 빨리 풀려버리는 것 같아서 스스로도 어처구니가 없었다.

  역시 채빈 앞에서는 짓궂게 굴기가 괴로웠다. 얼굴을 뒤덮었던 열기가 서서히 가시면서 재경은 자기도 모르게 헛웃음을 토해냈다.

"누나, 화 풀어."

  채빈이 다시 그렇게 말을 걸었을 때, 드디어 재경은 부엌에서 나와 채빈과 마주섰다.

"진짜로 화 안 났어."

"진짜?"

"진짜야."

"……."

"눈치 보지 마. 진짜로 화 안 났다고."

채빈이 머쓱하게 웃어보였다. 재경은 그런 채빈을 잠시 흘겨보고는 말했다.

"약속이나 지켜."

"약속?"

재경이 어이없어 하며 혀를 찼다.

"맛있는 거 사준다며?"

"아, 그거. 그럼, 당연하지."

"언제 사줄 건데?"

"음……. 돌아오는 토요일 저녁?"

재경이 팔짱을 꿰고 고개를 끄덕였다.

"좋아, 뭐 먹을지는 천천히 생각해 볼게."

"알았어."

"이제 그만 너 일 보러 가. 요즘 바쁘잖아."

"좀 도와주고 갈게. 힘 쓸 일 없어?"

"됐으니까 괜한 짓 말고 얼른 가셔."

재경이 채빈을 돌려세우고 등을 떠밀었다. 채빈은 미적거리며 가게 밖으로 떠밀려 나갔다. 환히 쏟아지는 햇살 속에서 채빈이 손을 흔들어 보였다.

"밥 좀 챙겨 먹어. 너무 말랐잖아."

"알았어. 수고해, 누나."

"조심해서 가."

채빈이 길 너머로 작아져 갔다. 재경은 채빈이 완전히 사라질 때까지 지켜보고 있다가 가게로 들어갔다.

띠리링!

탁자 위에 놓인 재경의 핸드폰이 소리를 냈다. 재경은 핸드폰을 집어 주방으로 들어갔다. 천기광으로부터 한 통의 문자가 와 있었다.

―안녕, 재경아. 토요일에 시간 있으면 같이 밥이라도 먹자.

재경은 무심코 손톱을 깨물었다. 재회한 이후로 종종 별 의미 없는 안부 문자를 보내오긴 했지만, 이렇게 직접 만나자고 기광이 제의한 긴 처음이었다. 재경은 잠시 생각하고는 서둘러 핸드폰을 두드렸다.

웬일이래? 그런데 어쩌지? 나 토요일에 선약이 있어.

토요일에는 채빈과 만나기로 불과 몇 분 전에 약속을 해둔 참이었다. 재경이 답장을 보내기가 무섭게 기광으로부터 다시 문자가 날아왔다.

―아쉽다. 그럼 언제 시간 비어?

영업시간 빼고는 평일 중에도 괜찮아.

―나 월요일 쉬는데 그날은 어때?

좋아. 그날 저녁 7시쯤 만날까?

―알았어. 내가 가게로 가도 돼?

그래주면 내가 편하지.. 그렇게 해. 나 이제 장사 준비해야 겠다. 연락해, 천기광.

―응, 고마워. 고생해.

재경은 핸드폰을 내려놓고 주방으로 들어섰다. 커다란 덩치에 무뚝뚝한 표정을 한 기광을 떠올리며 재경은 씩 웃었다.

"곰팅이 짜식이 이 누나를 다 찾네."

이것저것 물어보고 싶었던 점도 있었던 차에 잘됐다고 재경은 생각했다.

유행가를 흥얼거리며 대파를 써는 그녀의 손놀림이 여느 때보다 가벼웠다.

"그냥 은효 씨 경우처럼 딱 선을 그으면 될 텐데."

마왕성으로 들어서는 도중 운디네가 툴툴거렸다. 재경과의 일을 두고 하는 얘기라는 것을 채빈이 모를 리 없었다.

"적당히 선 긋는 거야. 딱히 실수한 것도 없잖아?"

"흥, 흥."

운디네가 심통 난 얼굴로 콧소리를 냈다. 채빈은 어깨 위로 손을 뻗어 그녀가 담긴 욕조를 잡고 달래듯이 양옆으로 살살 흔들었다.

"던전 공략하기에 앞서 강화부터 하셔야지요?"

프라이어가 빛을 깜박이며 물었다. 시그너스 아머 팔찌를 매만지며 채빈이 고개를 끄덕였다.

"물론이지. 받은 건 바로 써야지. 원래 어젯밤에 바로 했어야 하는 건데 너무 졸려서."

채빈이 주머니에서 돌멩이 세 개를 꺼냈다. 연호제로부터 사례로 받은 보호석 두 개와 축석 한 개였다. 유행도 지난 스마트폰을 사주고 받은 사례라기엔 분에 넘친다고 채빈은 새삼 생각하고 있었다.

"뭘 강화하실 건데요?"

이번엔 운디네가 물었다. 마도서첩과 시그너스 아머 중에서 어떤 걸 강화하겠냐는 의미였다. 상태는 둘 다 7강까지 되어 있었다.

"시그너스 아머지. 마도서첩은 9강까지 해봤자 페이지 수가 두 장 더 늘어나는 것뿐이니까. 효율 면에서 시그너스 아머부터 먼저 강화하는 게 좋을 거 같아. 갖가지 방법으로 써먹기도 좋은 주력 장비고."

채빈은 후딱 해자 위에 가로놓인 다리를 건너 마왕성으로 진입했다. 둥그런 휴대용 풀장에 수영복 차림으로 몸을 담그고 있던 집사 드미트리가 젖은 머리칼을 뒤로 넘기며 일어섰다.

"어서 오십시오."

"드미트리 씨. 지금… 뭐하시는 거죠?"

"죄송합니다. 부끄러운 모습을 보여드렸군요. 날이 더워서 피서를 즐기고 있었습니다."

드미트리가 선글라스를 벗으며 대답했다. 말과 달리 정작 표정은 한 점 부끄러움도 없이 당당했다.

채빈은 그저 기가 막혔다. 살이 떨리도록 추운 계절에 피서라니. 하기야, 마계의 기준을 인간이 어찌 알 수 있을까.

"죄송하실 거 없어요. 전 일 볼 테니까 계속 즐기세요."

"집사인 제가 따라가야지요."

"필요한 일이 생기면 부를게요. 그냥 쉬세요."

"정 그러시다면야."

첨벙!

드미트리가 물보라를 일으키며 풀장에 도로 뛰어들었다. 채빈이 가만 들여다보니 풀장의 출렁이는 수면 위에 장난감 오리도 떠 있었다.

그 오리를 바라보며 꽥꽥 소리를 내는 드미트리를 보고 있자니 채빈은 괜히 소름이 돋았다.

'적당히 거리를 유지해야겠어. 좀 이상해.'

공작소로 들어선 채빈은 바로 시그너스 아머의 강화 작업을 개시했다.

그는 시그너스 아머와 함께 제단 위에 보호석을 한 개 올려놓았다. 보호석은 한 개 더 여유가 있기에 일단은 축석 없이 시도해 볼 작정이었다.

〔강화 준비〕
—강화 전:시그너스 아머(B등급, 방어구, +7)
—강화 후:시그너스 아머(B등급, 방어구, +8)
—강화비용:1ㅁ코인
—위에 명시된 물품을 강화합니다. 코인을 넣고 강화 레버를 당기십시오.

"제발 한 번에 좀 떠라. 로또 1등 같은 건 바라지도 않으니까 강화라도 제대로 띄워보자."

염원을 담아 소리치며 채빈은 힘차게 레버를 당겼다. 진동과 빛이 뒤엉킨 후, 광판 위로 결과가 떠올랐다.

—강화에 실패하였습니다(+7).

"아아……."

아주 작은 안도감이 먼저 솟아올랐다가 이내 해일과 같은 실망감이 덮쳐 왔다.

시그너스 아머가 파괴되지 않은 걸 다행으로 여기고 넘어가면 될 일이지만서도 채빈은 아쉬움을 달랠 길이 없었다.

"실망하지 말자. 그래도 이게 있어서 시도라도 해볼 수 있는 거니까."

채빈은 스스로를 위안하듯 중얼거리며 손에 남은 두 개의 돌멩이를 내려다보았다.

이제 보호석과 축석이 각각 한 개씩 남아 있었다. 아낄 필요가 없는 물품이다. 채빈은 바로 제단 위에 두 돌멩이를 올려놓았다.

"근데 이 축석이 올려주는 강화 확률이 몇 퍼센트나 될까."

"그러게요. 저도 궁금합니다."

"젠장, 알아서 뭐해. 어차피 성공 아니면 실패잖아."

채빈이 레버를 잡았다. 이번에 실패하면 끝이다. 프라이어와 운디네가 조마조마한 심정으로 지켜보는 가운데 채빈은 힘차게 레버를 당겼다.

끼이익!

―강화에 성공하였습니다 (+8).

"됐다! 8강 떴어! 봐, 분명히 +8이라고!"

채빈이 두 손에 운디네와 프라이어를 받쳐 들고 뜀박질을 하며 환호했다. 그에게는 실로 극적인 순간이었다. 설마 8강 이상을 띄우게 되는 날이 오게 될 줄이야.

"축하드립니다."

"헉!"

드미트리가 기척도 없이 나타나 채빈을 놀라게 만들었다. 그가 입은 물방울무늬 파란 수영복과 전신에서 물이 흘러 뚝 뚝 떨어지고 있었다.

드미트리는 젖은 손을 허공에 대고 턴 다음 제단의 시그너스 아머로 손을 뻗었다. 감정 결과가 눈앞으로 떠올랐다.

[시그너스 아머(+8)]

종류:방어구　　　　　　　　등급:B등급
방식:마나연동형　　　　　　방어력:72(4마+3ㄹ)
착용제한:2서클 이상의 마나
부가효과:레비테이션 윙(기본), 사용시간 15초 추가(+1), 사용시간 15초 추가(+2), 프로스트 바(+3), 사용시간 15초 추가(+4), 사용시간 15초 추가(+5), 사용시간 1분 추가(+6), 시그너스 빔(+7), 사용 시간 1분 추가(+8)

채빈은 +7강일 때보다 좋아진 점을 확인했다. 일단 방어력 수치가 4만큼 올라 총72가 되었고, +8강의 부가효과로 사용시간 또한 1분 추가되었다. 이제 시그너스 아머의 사용시간은 총11분이 된 것이다.

"형님."

"어, 왜?"

"테스타가드를 잠시 저에게 주시지요. 테스타가드도 7강까지는 강화해 두는 게 좋을 것 같습니다."

"아, 그러네. 좀 부탁할게. 네가 강화 잘 띄우니까."

프라이어에게 테스타가드의 강화를 맡긴 채빈은 시그너스 아머를 장착하고 이리저리 기능을 시험해 보았다.

8강의 힘이 피부에 와 닿지는 않았지만 어쨌든 채빈은 기뻤다. 조만간 보호석과 축석을 구해서 1강만 더하면 최강의 아이템이 될 것이다.

"강화 끝났습니다."

"벌써?"

프라이어가 드미트리에게 강화를 끝낸 테스타가드를 건네주었다.

어느새 수영복이 아니라 본래의 연미복 차림으로 돌아온 드미트리가 즉각 감정을 시작했다.

〔테스타가드(+7)〕

종류:특수방어구 등급:7등급
방식:마나연동형 방어력:측정불가
착용제한:3서클 이상의 마나
부가효과:확장(기본), 사용시간 5초 추가(+1), 2단 확장(+2), 사용시간 5초 추가(+3), 3단 확장(+4), 사용시간 5초 추가(+5), 4단 확장(+6), 사용시간 5초 추가(+7)

  채빈은 테스타가드의 변경점도 꼼꼼하게 확인했다. 4단계까지 확장이 가능해졌고 사용시간은 20초가 추가되어 총140초로 늘어났나.

  "좋아, 이제 바로 들어가자."

  채빈은 두 정령을 데리고 던전관리소로 발길을 돌렸다.

  오늘을 위해서 나름대로 열심히 준비해 왔다. 장비도 할 수 있는 데까지 강화했고, 속성수련실에서 하루도 거르지 않고 무공을 수련했다.

  칸체레 수도원의 남은 두 던전을 공략하고 새로운 시설 개발에 박차를 가할 것이다. 채빈은 마음에 각오를 되새기며 던전관리소의 입구를 힘차게 열었다.

〈제4전 도서관〉
―난이도:☆☆☆☆☆☆
―획득가능보상:도른코인, 3서클 마법서적 전반, 장비 레시피, 슬라빅의 마도서 무작위 12권
―몬스터정보:보이지 않는 사서의 원령

"크다……!"
 마법진을 통해 들어선 도서관의 첫인상은 거대했다.
 드넓은 바닥에 깔린 금색의 융단은 새것인 듯 표면이 번들거렸다. 그 위로 보이는 눈앞은 온통 큼지막한 직사각형 서가의 연속이었다.
 채빈 일행이 선 방향으로 측면을 보이고 선 서가들은 좁은 복도를 사이에 끼고 좌측 벽부터 우측 벽 끝까지 쭉 늘어져 있었다.
 채빈은 문득 고개를 들어 올렸다. 천장 역시 까마득히 높았다. 수백의 백색 빛이 새카만 천장 전역에 깨알처럼 흩뿌려져 있었다.
 마치 플라네타륨이 연상되는 광경이었다.
 "던전 같지가 않아."
 채빈이 중얼거렸다. 지금까지 공략했던 칸체레 수도원의 여타 던전들과는 달랐다.

격식이 있었고 누군가 돌보는 이의 손길이 느껴질 정도로 깔끔했다.

서가와 서가 사이에 난 복도 너머의 끝은 장막이 쳐진 듯 오로지 칠흑의 어둠이었다.

채빈은 그 어둠을 바라보며 어떤 방식으로 적이 나타날지 대비하고 있었다. 적이 등장한다면 저 복도 이외에는 마땅한 장소가 없었다.

"서가는 전부 열다섯 개고 복도는 열네 곳. 아무래도 전부 감시해야겠어."

프라이어가 그렇게 말하며 홀리 이미지로 머릿수를 늘렸다. 늘어난 분신들은 각자 열네 곳의 복도로 몸을 날려 어둠을 수시했다. 채빈도 한 손을 시그너스 아머 팔찌로 가져가고 있었다.

쿠우웅!

"옵니다, 형님."

네 번째 복도에 배치된 프라이어가 보고했다. 채빈과 함께 이제껏 여러 던전을 거친 프라이어의 음성은 한결 침착해져 있었다.

채빈은 시그너스 아머를 발동시키는 동시에 네 번째 복도 쪽으로 몸을 날렸다.

"구울?"

어둠의 장막을 뚫고 나온 것은 구울이었다. 반쯤 썩은 몸을 질질 끌며 좁은 복도를 관통해 이쪽으로 다가오고 있었다.

채빈은 구울을 향해 매직 타깃을 걸고 사거리 안까지 들어오기를 기다렸다. 구울이라면 토할 정도로 지겹게 싸워왔다. 크게 걱정할 적은 아니었다.

—파이어 애로우.

구울이 복도를 절반가량 지났을 때, 2서클 공격마법 파이어 애로우가 새빨간 불길과 함께 채빈의 손끝에서 타올랐다. 한 줄기의 불길이 쐐기처럼 복도를 가로지르고 나아가 구울의 얼굴 한가운데에 처박혔다.

"갸아아아악!"

구울이 불타오르는 제 머리를 부여잡고 고꾸라졌다. 채빈이 손을 거두자 이번에는 다른 편의 프라이어로부터 보고가 들어왔다.

"이쪽도 옵니다, 형님."

"어?"

채빈이 몸을 날리자 과연 그쪽 복도에서도 구울이 나타난 참이었다.

이번엔 채빈이 공격하기에 앞서 프라이어가 먼저 홀리 애로우를 날렸다. 언데드 속성을 가진 구울은 홀리 애로우 한 방에 비명조차 지르지 못하고 즉사했다.

"주인님, 여기도요!"

"또 나와?!"

채빈이 몸을 돌려 운디네 쪽으로 향했다. 그런데 미처 공격을 개시하기도 전에 또 다른 복도에서 구울이 나타났다.

"형님, 계속 나오는데요!"

"어머, 주인님! 이쪽 복도에도 나와요. 여긴 두 마리야!"

구울의 출현 속도가 급격하게 빨라지고 있었다. 그것도 한 마리씩이 아니라 두세 마리씩 한꺼번에 나타나고 있었다.

퍼어엉! 펑펑! 퍼퍼퍼펑!

"갸아아아악!"

서가마다 배치된 프라이어의 모든 분신이 거의 틈도 없이 홀리 애로우를 쏘아대고 있었다.

이제 구울들은 거의 모든 서가에서 기차놀이를 하듯 줄을 지어 나타나고 있었다.

그러나 대부분의 구울은 프라이어의 화력에 밀려 복도의 절반을 채 넘지 못하는 상황이었다.

"와, 이거 언제까지 나오는 거야?"

채빈이 혀를 내두르며 소리쳤다. 그도 놀고 있는 건 아니었다. 정신없이 서가를 오가며 지원사격을 해대고 있었다. 순식간에 구울들의 시체가 복도마다 즐비하게 쌓였다.

'아차.'

불현듯 감시를 등한시했던 우측 끝의 서가가 채빈의 신경을 잡아끌었다. 몸을 날려 그리로 간 채빈은 순간 멍하니 몸을 굳히고 섰다.

'뭘 하는 거지?'

이곳 역시 구울이 있었다. 그런데 채빈에게 등을 보이고 있었다. 굽어진 등의 뒷모습이 점점 작아지고 있었다. 이쪽으로 오는 것이 아니라 자신이 나왔던 어둠의 장막으로 되돌아가고 있는 것이었다.

'저건……?'

되돌아가는 구울의 한쪽 손에는 책이 들려 있었다. 채빈의 두 눈이 번득였다. 어딘가 서가에서 뽑은 것이다.

저 책을 가지고 돌아가서 무슨 변화를 일으키려는 것이다. 채빈은 번개처럼 몸을 날려 구울의 뒤통수에 정권을 날렸다.

빠캉!

으깨진 머리통에서 뇌수가 튀었지만 신경 쓸 겨를은 없었다.

채빈은 구울이 손에서 놓친 책을 주워 들었다. 잿빛 가죽 표면에 로쿨룸 대륙 공용어로 제목이 적혀 있었다.

윈드 커터.

"윈드 커터? 이거 공격 마법서잖아?"

"크윽, 형님! 좌측 두 번째 복도 지원 부탁드립니다!"

"엇, 알았어!"

채빈이 윈드 커터 마법서를 내던지고 프라이어가 말한 서가로 몸을 날렸다. 그러나 도착했을 땐 이미 늦었다. 책 하나를 손에 쥔 구울이 어둠의 장막 너머로 되돌아간 참이었다.

그리고 바로 직후.

콰콰콰콰쾅!

갑작스런 굉음과 함께 눈앞이 번쩍였다.

장막에서 한 줄기의 거친 뇌전이 뿜어져 나왔다.

공격은 피할 틈조차 없이 빨라 채빈은 온몸으로 뇌전을 받아들이고 말았다.

콰아아아앙!

"크윽!"

채빈이 입은 시그너스 아머의 흉부에 뇌전이 작렬했다. 채빈은 뒤로 몇 걸음 밀려난 끝에 자세를 잡고 섰다.

몸이 조금 울리긴 했지만 8강까지 강화한 덕분인지 딱히 아픔은 없었다.

그러나 문제는 간단하지 않았다. 두 서가 옆에 떨어져 있던 운디네가 바닥에 모로 쓰러져 있었다.

"운디네! 괜찮아?"

채빈이 한달음에 달려가 운디네를 부축했다. 숨을 헐떡이는 운디네의 얼굴엔 고통스런 기색이 역력했다.

"뭐야? 왜 이래?"

"아우우……. 갑자기 체인 라이트닝 마법이……!"

채빈이 서 있던 복도 한정이 아니었다. 열네 곳의 모든 복도에서 뇌전이 뿜어져 나왔던 것이었다.

그 증거로 프라이어마저 홀리 이미지로 만든 모든 분신을 잃고 본체만 덩그러니 남아 있었다.

퍼어어어엉!

"이건 또 뭐야!"

복도마다 칼처럼 예리한 바람이 휘몰아치고 있었다.

채빈은 재빨리 운디네를 들어 안고 서가의 측면을 등진 채 몸을 숨겼다.

그러기가 무섭게 장막에서부터 주먹 크기의 돌덩어리들이 앞다투어 튀어나왔다.

부우우웅!

"헉!"

돌덩어리들은 무서운 기세로 채빈의 관자놀이 옆을 훑고 지나가 던전 입구 벽면에 처박혔다. 움푹 꺼진 벽면을 보자 채빈은 그만 질려 버렸다.

"프라이어, 이거 저 구울들이 가지고 들어간 책이 원인이지? 저 새끼들이 뭔가 책을 가져가면 거기 적힌 마법이 발동되는 거 아니야? 맞지?"

채빈이 서가 위로 고개를 번쩍 들고 어딘가에 숨어 있을 프라이어에게 소리쳐 물었다.

지금까지 겪은 칸체레 수도원의 던전들은 일정한 규칙이 있었다. 이곳 도서관 던전 역시 무엇인가 규칙이 있을 것이었다.

"그런 것 같습니다! 젠장, 어쨌든 끝이 없군요!"

대답을 하면서도 프라이어는 열띤 공격을 멈추지 않았다. 재차 홀리 이미지를 발동시켜 머릿수를 늘린 그는 한층 조심스럽게 서가 뒤에 몸을 숨긴 채 연달아 나타나는 구울들을 격퇴하고 있다.

그러나 압도적인 적들의 숫자에는 소용이 없었다. 99마리의 구울을 죽여도 놓쳐 버린 한 마리의 구울이 서가에서 책을 뽑아 장막으로 되돌아가는 것이었다.

그리고 어김없는 공격마법의 발동.

콰아아아앙!

"크으으윽!"

이번엔 천장까지 불길이 솟구쳐 오르는 거대한 화염마법이었다.

채빈과 두 정령은 꼼짝없이 서가의 측면에 몸을 숨기는 것 말고는 아무런 대책이 없었다. 격렬한 열기 속에서 채빈의 온몸은 땀으로 질펀하게 젖어들고 있었다.

"야, 이거 어떡해?"

채빈과 두 정령을 더욱 초조하게 만드는 건 장막 자체의 접근이었다.

새카만 장막 전체가 서가를 잠식하며 이쪽으로 다가들기 시작한 것이었다. 잠깐 사이에 장막은 서가 전체의 절반가량을 집어삼킨 채 흐물흐물한 검은 아지랑이를 피워 올리고 있었다.

"출구도 닫혔고, 젠장!"

돌아갈 길은 없었다.

구울들은 끝도 없이 나오고 있었다.

장막은 쉬지 않고 서가를 장악하면서 채빈 일행이 선 곳까지 집어삼키려 하고 있었다.

"뭘 봐, 이 씨발놈아!"

바로 코앞까지 다가온 구울을 향해 채빈이 욕설을 내뱉었다.

그러나 구울은 무감각한 눈빛으로 채빈을 한 번 보더니 그대로 돌아서 버렸다.

'어?'

홧김에 뒤통수를 후려치려던 채빈이 불현듯 몸을 멈췄다.

바로 지척까지 다다랐는데도 구울에게는 공격할 의향이 전혀 없어 보였다. 그렇다면 이렇게 나타나는 목적은 오로지 서가에 꽂힌 책이란 말인가.

"프라이어! 서가를 한 번 뒤져 봐!"

"네? 형님, 무슨 말씀이신지?"

"마법서들을 쭉 훑어 봐! 공격마법만 아니면 돼! 뭔가 다른 것을 저 새끼들한테 줘 보라고!"

채빈이 생각나는 대로 소리쳐 말했다. 냉정하고 기민한 프라이어는 그 한마디로 채빈이 말하고자 하는 의미를 알아차렸다.

"알겠습니다!"

프라이어가 공격을 잠시 멈추고 서기의 위쪽으로 몸을 날렸다. 길게 늘어선 서가의 곳곳을 헤매던 프라이어는 눈에 보이는 마법서를 즉각 뽑아냈다.

라이트.

프라이어는 되돌아가고 있는 구울을 막아섰다. 구울은 록애로우 마법서를 들고 있었다. 프라이어는 그것을 낚아채고 대신 자신이 뽑은 라이트 마법서를 넘겨주었다.

뇌가 없는 듯한 구울은 아무 의심도 없이 프라이어로부터 마법서를 건네받았다.

그리고 프라이어의 간절한 눈길을 받으며 어둠의 장막으로 들어가 자취를 감추었다.

슈우우우우욱!

"이럴 수가!"

곧바로 이변이 일어났다. 빛이 폭발하면서 어둠의 장막이 걷히고 있었다.

비로소 채빈 일행은 장막 너머의 공간을 두 눈으로 똑똑히 볼 수 있게 되었다.

"레이스?!"

공간을 독차지하고 있는 것은 레이스의 확대판이라고 볼 수 있는 하나의 거대한 원령이었다.

원령은 식탁보를 뒤집어쓴 듯한 하얀 몸을 흐느적거리고 있었는데 주름이 새겨진 자락마다 빛이 흘러나왔다.

"제가 건넨 라이트 마법서가 적용된 것 같습니다!"

"그래? 그렇단 말이지……!"

장막은 걷혔고 보스 몬스터의 정체도 여실히 드러났다. 덩달아 망설일 이유도 전부 사라졌다.

어떻게 공략해야 하는지 생각이 명확해졌으니 더 이상 굼뜰 필요가 없었다. 채빈은 당장 자신의 생각이 맞는지 시험해 보기 위해 손바닥을 펼쳐 들었다.

―매직 애로우!

퍼어어어엉!

채빈의 손아귀에서 푸른 불꽃이 폭발했다. 거친 기운이 복도 위를 치닫고 나아가 걷힌 장막 너머의 거대한 원령에게 처박혔다.

"그어어어어⋯⋯!"

"됐다! 먹혀!"

확신을 가진 채빈은 곧바로 품에서 마도서첩을 꺼내 들었다. 장막이 사라졌으니 공격을 가할 수 있게 된 것이다.

빛을 흩뿌리는 마도서첩에서 책들이 종잇장을 나풀거리며 줄줄이 뽑혀져 나오고 있었다.

'어디 보자, 밍할 새끼야!'

채빈이 가진 흡수의 서는 총16권이었다. 서가 사이의 복도마다 모조리 배치해도 남도록 권수는 충분했다.

빈은 흡수의 서를 서가마다 빠짐없이 배치한 다음 등 뒤로 거울의 서 9권을 띄웠다.

"주인님, 어떡하죠? 구울들이 마법서를 계속 가져가고 있어요!"

"놔둬, 운디네! 놔두고 서가 뒤에 가만히 숨어 있어!"

―체인 라이트닝.

콰콰콰콰쾅!

처음에 채빈을 경악하게 만들었던 강렬한 뇌전이 다시금 모든 복도를 뚫고 치달아왔다. 그러나 이번에는 흡수의 서가 있었다.

대공 슬라빅이 만들어낸 가공할 마법병기는 거대한 원령이 쏘아낸 뇌전의 기운을 남김없이 집어삼켰다.

채빈이 팔을 내뻗으며 소리쳤다.

"이제 너희 차례다!"

부우우우웅!

등 뒤에 머무르고 있던 거울의 서 9권이 채빈의 손짓을 따라 나아갔다.

흡수의 서가 머금은 체인 라이트닝의 마나는 온전히 거울의 서로 연계되었다.

채빈은 모든 마도서로 정신을 집중한 채 자신이 가진 최강의 공격마법의 비전을 떠올렸다.

―라이트닝!

콰지지지지지직!

거울의 서 9권이 아홉 줄기의 강렬한 뇌전을 내뿜었다. 거대한 원령이 뿜었던 뇌전은 라이트닝 마법으로서 고스란히 되돌아가 원령의 몸에 처박혔다.

"그오오오오오!"

"그래, 이거야! 계속 놔둬! 이젠 구울들이 뭔 책을 집어가든 말든 신경 쓰지 말고 그냥 놔둬!"

―파이어 애로우!

"좆까라, 라이트닝이다!"

"그오오오오!"

"―윈드 커터!

"이번에도 라이트닝!"

"캬아아아아!"

―아이스 캐논! 체인 라이트닝! 윈드 커터!

"라이트닝! 또 라이트닝! 미안한데 라이트닝밖에 없어서!"

"우어어어어어어어어어!"

"하하하! 쏴봐! 더 쏴봐! 마음대로 다 쏘고 울어봐!"

계속되는 기대힌 원령의 절규가 채빈을 춤추게 했다.

채빈은 부지런히 손을 놀리며 비전을 되새기고 또 되새겼다.

구울들이 가져가는 책에 맞춰 공격하는 족족 흡수의 서가 모든 마나를 흡수해 버린다.

그리고 거울의 서가 그 마나를 기반으로 강력한 라이트닝 마법을 연달아 날려댄다.

거대한 원령에겐 피할 틈도 재간도 없어 보였다. 무엇보다 채빈은 힘이 드는 것도 아니었다.

입술을 달싹이며 비전만 되뇔 뿐 정작 일은 마도서첩들이 알아서 다 해주고 있었다.

채빈의 마도서첩은 지칠 줄도 모르고 되로 받아 말로 돌려주는 공격을 수십 번 반복했다.

콰아아아앙!

"그어어어어……!"

얼마나 많은 공격을 퍼부었을까.

비로소 원령이 힘을 잃고 무너져 내렸다. 바닥에 남은 것은 색이 바란 큼지막한 거적 한 장뿐이었다.

"이겼다!"

"축하드립니다, 형님."

"이번에도 프라이어 네 역할이 컸어! 그 타이밍에 라이트라니, 신의 한 수였어!"

슈우우욱!

거적 한가운데에서 빛이 번쩍이고 있었다. 곧이어 거기에서 오롯이 솟아나온 것은 언제 봐도 반가운 보상 상자였다.

채빈은 시그너스 아머를 해제시키고는 고대하던 택배를 기다렸던 사람처럼 신이 나서 상자로 뛰어갔다.

그런데…….

"이게 어떻게 된 거야?"

보상 상자를 연 순간 채빈은 어안이 벙벙해졌다.

상자 안은 이런저런 물품들이 가지런히 들어차 있었다.

채빈은 내리깐 두 눈으로 한참이나 상자 안의 보상들을 훑어보고는 보상 안내 양피지를 집어 들었다.

"뭐야, 이게 무슨 일이지?"

"무슨 문제라도 있어요, 주인님?"

프라이어와 운디네가 채빈의 양어깨 위로 얼굴을 쏙 내밀었다. 채빈은 몇 번이나 양피지와 상자 안을 번갈아본 끝에, 두 정령에게 꺼져드는 목소리로 말했다.

"보상이 바뀌었는데?"

"네에?"

"던전관리소에서 본 내용하고 상자 안의 보상이 달라."

"그럴 리가……."

처음 겪는 이번이었다.

당혹에 빠진 채빈과 두 정령은 꽤나 오랫동안 다음 말을 잇지 못했다.

공략을 끝낸 도서관은 언제 시끄러웠었냐는 듯이 끝없는 정적으로 그들을 휘감고 있었다.

제5장
변경된 보상의 행방

이계
마왕성

채빈의 뒤바뀐 보상은 어떻게 된 것일까.

그 해답은 로쿨룸 대륙에 있었다.

대륙의 북동부 해안가. 헤페룬 왕국에서부터 마차로 수십 일을 달려야 당도할 수 있는 멀고도 외진 장소.

기록 한 줄 없이 폐허만 덩그러니 남긴 고대도시를 등허리에 낀 채 거친 풍랑의 바다가 병풍처럼 펼쳐져 있는 곳이었다.

파괴를 일삼는 어둠의 정령들이 대거 발생하는 근원지이기도 했다.

먼 옛날 지나가던 한 사람이 이곳을 '안개의 해안'이라 명명했다. 그렇게 만들어진 이름은 오늘날까지 이어져 내려오고 있었다.

바다 저 멀리 수평선 위로는 언제나 짙은 안개가 펼쳐져 있었다.

안개 너머에 무엇이 있는지 평범한 사람들 사이에서는 추측만이 난무했다.

누구도 직접 두 눈으로 확인하지 못했다. 모험가들은 멈출 줄 모르는 해일에 겁을 먹었고 마법사들은 바다 전체에 득시글거리는 어둠의 정령을 두려워했기 때문이다.

왕국에서는 오랜 기간을 두고 여러 차례 자체적으로 조사단을 파견했다.

수많은 조사단원들이 약속된 부와 명예를 위해 안개 너머로 배를 띄웠다. 하지만 하나같이 반도 채 나아가지 못하고 바다 깊이 삼켜지고 말았다.

그나마 가장 큰 성과는 약 3년 전 이뤄진 조사에서였다.

이 조사에는 막대한 자금을 들인 연구 초기 단계의 대형 비행선이 투입되었다.

80여 명의 조사단원을 싣고 힘차게 이륙한 비행선은 거친 바다를 비웃듯이 유유히 그 위를 날아 안개 너머로 진입하는 데 성공했다.

해안가에서 노심초사 이 광경을 지켜보고 있던 조사단의 일행은 고성을 지르며 환호했다.

하지만 그것이 끝이었다.

무슨 일인지 비행선은 그 이후 영영 돌아오지 못했다.

남은 조사단은 해안에서 몇 달 동안 발만 동동 구르다가 절망에 빠진 채 귀환할 수밖에 없었다.

비행선으로 크나큰 손실을 입게 된 왕국은 이 사건을 끝으로 더 이상 조사단을 파견하지 않았다.

이제 안개의 해안에 드나드는 이는 없다고 봐도 좋았다.

안개 너머의 세계에 대한 궁금증은 차치하고, 고대도시를 끼고 있는 해안가에도 사람들의 흥미를 끌 만한 요소가 전혀 없었다.

극한 산성의 땅은 어떤 작물의 재배도 기대할 수 없었고, 어둠의 정령이 장악한 바다에서는 어업 따윈 꿈도 꿀 수 없었다.

고대도시 안팎으로 묻혀 있던 돈이 될 만한 크고 작은 유물들은 모험가들이 탈탈 털어간 지 오래였다.

'폭우가 쏟아질 것 같은걸.'

사람들의 기억에서 거의 완전히 잊혀져 버린 이곳에 오늘은 한 여자가 있었다.

새카만 로브 차림의 여자는 반쯤 기울어진 신전 폐허의 기둥에 등을 기대고 서서 잿빛 하늘을 올려다보고 있었다.

그녀의 이름은 시토라.

로이드 모빅이 가장 신뢰하는 심복이었다.

휘이이이잉!

강한 바람이 불어와 뒤집어쓴 후드가 펄럭였다. 시토라는 후드 위를 꾹 붙잡고 휘날리는 머리칼을 귀밑으로 쓸어 넘겼다. 찌푸린 두 눈가에 짜증이 배어 있었다.

날씨 때문이 아니었다. 그녀는 하루 내내 이 폐허 한가운데에서 상대를 기다리고 있었다.

벌써 약속했던 시간인 정오를 훌쩍 넘기고 어둔 밤이 찾아오려는 무렵이었다.

스스슥!

그때 기척도 없이 신전 외벽으로 한 사내가 나타났다.

사내는 시토라와 똑같은 검은 로브를 입고 있었다. 그는 잰걸음으로 달려와 시토라 앞에서 허리를 깊이 숙였다.

"왜 이렇게 늦었어?"

"죄송합니다. 황무지에서부터의 텔레포트가 막히는 바람에."

"또? 왕국 녀석들이 냄새를 맡았나?"

"꼭 그렇다고 볼 수는 없습니다. 전쟁 때문에 텔레포트 마석값이 천정부지로 치솟고 있으니까요."

"하기야, 굶어죽는 빈민들이 넘쳐 나는 형편이니까."

"아, 책자는 여기 있습니다."

사내가 손에 들고 있던 책자를 두 손으로 공손히 내밀었다. 시토라는 그 책자를 받아 품속에 조심스레 갈무리했다.

뒤이어 그녀의 두 눈이 바다 저편 안개 너머로 꽂혔다. 이제 남은 일은 안개 너머에서 기다리고 있을 로이드에게 이 책자를 전하는 것뿐이었다.

"출발하지요. 하늘을 보니 곧 한바탕 퍼부을 것 같습니다."

"나도 그 생각하고 있었어."

시토라와 사내는 신전을 벗어나 고대도시의 동쪽으로 향했다.

그곳엔 안쪽으로 뜰을 품은 직사각형 건축물의 폐허가 앙상하게 남아 있었다.

두 사람은 뜰 구석의 낡은 우물로 가 밧줄을 타고 밑으로 내려갔다.

냉기 서린 우물 밑바닥은 꽤나 넓었고 허리춤까지 차오를 정도의 물이 고여 있었다.

물 위에는 몸을 부대껴서 네 명이 겨울 탈 만한 작은 나룻배가 떠 있었다.

두 사람은 지체 없이 나룻배에 몸을 실었다. 그 직후 텔레포트 마법이 나룻배와 두 사람을 집어 삼켰다.

슈우욱!

두 사람을 태운 나룻배가 순식간에 폐허의 우물 밑바닥에서 바다 저편으로 이동되었다.

수많은 왕국사람들이 그토록 보기를 갈망했던 안개 너머로 눈 깜짝할 사이에 몸을 옮긴 것이었다.

도처에 크고 작은 바위섬들이 머리를 내밀고 있는 검푸른 바다 위였다.

사내가 한 손을 가볍게 흔들자 나룻배 양옆에 설치된 노가 스스로 움직이며 바닷물을 가르기 시작했다.

"슬슬 떨어지기 시작하는군요."

사내가 하늘을 쳐다보며 말했다.

빗방울이 하나둘씩 떨어지고 있었다. 시토라는 뺨을 적신 비를 닦아내고 후드를 깊이 눌러썼다.

나룻배가 섬들 사이를 요리조리 통과하는 동안 비는 점차 굵어지고 있었다.

문득, 시토라는 처음 이곳에 왔을 때 로이드로부터 들은 설명을 머리에 떠올리고 있었다.

본래 이곳은 육지의 연장선상이었으나 끊임없는 지각 변동으로 침하를 계속한 끝에 바다가 되었을 거라는 이야기였다.

어떻게 그런 해박한 지식을 가지고 있는 것인지 시토라는 새삼스레 경외감이 일었다.

'후훗.'

덩달아 당시 로이드의 모습이 떠올라 시토라는 입가에 미소를 머금었다.

안개의 장막에 가려진 데다 태곳적 육지의 잔해들이 어지러이 흩어진 이곳만큼 근거지로 삼기에 최적의 조건을 갖춘 장소는 대륙 전체를 뒤져 봐도 없을 거라며, 그 냉정한 로이드가 흥분을 감추지 못했었던 것이다.

살에 로브가 찰싹 들러붙도록 두 사람이 흠뻑 젖고 나서야 나뭇배는 목적지에 도달했다.

잿빛 하늘 높이 솟아난 거대한 바위섬이 눈앞에 가로놓여 있었다.

외견상으로는 순전히 바위덩어리라고 봐도 무방한 이 섬이 로이드의 은신처이자 마탑 그 자체였다.

내부를 파서 만든 구조이기에 섬을 마탑의 외벽이자 보호색이라고도 여길 수 있었다.

배는 천천히 나아가 움푹 들어간 절벽 한곳에 멈춰 섰다.

안에는 간소한 선착장이 있었다. 두 사람은 배에서 내려 선착장 뒤의 좁은 암굴로 들어섰다.

내부를 깎아 만든 나선계단이 섬의 꼭대기까지 솟아올라 있었다.

한동안 계단을 오르자 층계참이 나왔다. 거기에서 시토라와 사내는 방향을 달리했다.

보초병들을 지나 구불구불 이어진 암로를 통과한 시토라는 비로소 마탑의 수많은 입구 중 하나를 통과해 내부로 진입할 수 있었다.

기다리고 있었던 부하가 시토라를 맞았다.

"어서 오십시오, 시토라 님."

"로이드 님은 연공실에 계신가?"

"아니요. 여동생과 함께 저녁을 드시겠다고 그쪽으로 가신 참입니다. 시토라 님이 도착하시는 대로 알려달라고 하셨습니다."

"내가 직접 가볼 테니 일 봐."

"네, 그럼."

시토라는 복도를 지나 로이드의 여동생인 엘리아가 머물고 있는 숙소 쪽으로 향했다.

엘리아가 이곳에 강제적으로 끌려온 지도 시일이 꽤 지났다. 시토라가 알기로 그간 엘리아는 자신의 방에서 한 번도 나간 적이 없었다.

그러니 아마 지금도 로이드가 직접 식사를 들고 방으로 찾아갔을 것이다라고 시토라는 생각하고 있었다.

시토라가 엘리아의 방 앞에 도착했다.

두 하녀가 주눅 든 얼굴로 문 양옆에 대기하고 있었다.

시토라는 문 앞에 서서 노크를 하려고 손을 들어 올렸다.

바로 그 순간이었다.

와장창!

문 너머에서 접시 깨지는 소리가 신랄하게 울렸다.

"로이드 님?!"

시토라가 깜짝 놀라 생각할 겨를도 없이 문을 벌컥 열었다.

가장 먼저 로이드의 등이 보였다.

로이드는 굳은 얼굴로 돌아보았다가 들어온 이가 시토라임을 깨닫고 시선을 앞으로 되돌렸다.

로이드의 시선이 머문 곳에 엘리아가 있었다.

엘리아는 호화로운 침대 끝머리에 무릎을 세우고 오롯이 앉아 있었다.

푸석해진 금발이 어깨 위에서 제멋대로 뒤엉켜 있었다. 두 눈은 퀭했고 입술은 굳게 닫혀 있었다. 드러난 팔목과 무릎은 앙상했다. 죽기를 바라는 사람처럼 생기라고는 찾아볼 수 없는 모습이었다.

"로이드 님……."

시토라가 겨우 말을 내뱉으며 시선을 바닥으로 내렸다.

화려한 무늬가 아로새겨진 융단 위는 깨진 접시와 음식물로 난장판이었다. 로이드의 옷자락에서도 스튜가 뚝뚝 흘러내리고 있었다.

로이드가 낮은 음성으로 말했다.

"다시 가져오겠다."

"그러실 필요 없어요."

"식사는 제때 먹어야 해."

"굶어죽기 전에 제가 알아서 먹어요. 오라버니는 제 방에 들어오지 마세요."

즉각 대답하는 엘리아의 목소리엔 감정이 없었다.

시토라는 가만히 남매의 냉전을 바라보면서 속으로 엘리아를 원망했다. 오라버니가 아무리 밉다고 해도 손수 차려온 식사를 이렇게 내동댕이칠 수 있단 말인가.

로이드는 더 말하지 않았다. 그저 방을 한 차례 둘러보았을 뿐이었다. 아주 잠깐 그의 시선이 침대 옆의 탁자 위에 머물렀다. 거기엔 엘리아가 어제 먹은 듯한 식기가 놓여 있었다.

"알겠다."

이윽고 로이드가 나직이 입을 뗐다.

"식사는 하녀에게 부탁하지. 오라버니는 내일 다시 오겠다."

"그러실 필요 없다고 분명히 말씀드렸어요."

"푹 쉬어라."

로이드가 돌아섰다.

시토라는 허둥지둥 엘리아에게 목례한 뒤 로이드를 따라 방을 나섰다. 로이드는 여동생의 방문을 닫더니 거기에 대기하고 있던 두 하녀에게 물었다.

"어제 여동생의 식사 담당은 누구였지?"

"네? 저, 저였습니다만……?"

"방 안에 식기가 남아 있더군."

"아, 그건 저… 오전에 치우려고 했지만 엘리아 님께서 아직 남았으니 더 드시겠다고 하셔서……. 지금 당장 치우겠습니다."

"그 얘기가 아니야."

로이드가 고개를 좌우로 내저었다.

"여동생은 린보어 고기를 좋아하지 않아. 나는 이 사실을 분명히 전했다고 기억해. 그런데 식기에서 그 고기의 냄새가 나는 이유가 뭘까?"

두 하녀의 얼굴이 새하얗게 질렸다. 그녀들은 지금 로이드가 태연한 얼굴로 화를 내고 있다는 사실을 알고 있었다.

둘 중 그나마 침착성 면에서 조금 나아 보이는 하녀가 턱을 부들부들 떨며 대답했다.

"죄, 죄송합니다……. 제가 그, 그만……."

로이드가 한쪽 귀를 기울이며 되물었다.

"뭐라고?"

"그, 그, 그러니까 어제 너무 바빠서……."

"안 들려."

"겨, 경황이 없었던 데다 시, 식재료 문제가 겹쳐서……."

하녀는 계속 말을 더듬거리고 있었다. 고개를 기울인 채로 로이드의 두 눈동자만 하녀 쪽으로 옮겨갔다. 눈꺼풀이 일그러지고 있었다.

"계속 그렇게 말을 더듬어 봐."

털썩!

두 하녀가 로이드의 발치 앞에 무릎을 꿇었다.

"주방장에게 말하는 것을 잊고 말았습니다! 죄송합니다! 다시는 이런 일이 어, 없도록 주의하겠습니다!"

로이드가 숙였던 고개를 거두고 똑바로 섰다. 그는 이마를 땅에 댈 듯이 엎드린 두 하녀를 내려다보면서 어디까지나 부드러운 어조로 말했다.

"맡은 일은 확실히 해야지."

"명심하겠습니다!"

"내 여동생 대접을 소홀히 하지 마. 다시 한 번 이런 일이 생기면 반 토막을 내버리겠어."

두 하녀가 위아래 이를 딱딱 부딪치며 온몸을 떨어댔다.

로이드는 그 앞에 쪼그려 앉아 두 하녀와 눈높이를 맞췄다.

하녀들은 기척을 느끼고 살짝 고개를 들었다가 바로 기겁하여 이마를 도로 땅에 찧었다.

"왜 이렇게 떨지? 꼭 내가 나쁜 사람 같잖아. 급료를 반 토막 내겠다는 내 말이 그렇게 무서웠나?"

"정말 죄, 죄송합니다……!"

"일어나. 여동생에게 식사를 다시 만들어다 줘."

"네, 네!"

두 하녀가 튕기듯이 일어나 치맛자락을 붙잡고 식당 쪽으로 돌아섰다.

다리에 힘이 풀린 그녀들은 서로를 붙잡고 손으로 벽을 짚으며 비틀비틀 멀어져 가고 있었다.

시토라는 두 하녀를 집어삼킨 복도 끝을 바라보며 생각에 잠겼다. 이토록 사소한 일로 화를 내는 로이드를 본 적이 있었던가. 기억을 되짚었지만 딱히 떠오르는 사건은 없었다.

그때 로이드가 불쑥 물었다.

"지금 돌아왔나?"

"아, 네."

시토라는 생각하길 멈추고 즉시 대답했다. 이어갈 말을 고르던 그녀의 두 눈에 스튜로 더러워진 로이드의 옷자락이 보였다.

"어디 다치신 데는 없는지요?"

"없어."

"갈아입으실 옷을 바로 준비하겠습니다."

"그럴 거 없어. 직접 빨 테니까."

"정말 괜찮으십니까?"

"뭐가?"

"……."

"옷 말인가? 내 잘못으로 더러워진 거다. 식사는 내가 떨어뜨린 거야."

시토라에게는 훤히 보이는 거짓말이었다.

그토록 아끼는 여동생 앞에서 자기 손으로 음식을 내던졌을 리가 없는 것이다. 하지만 시토라는 전혀 그런 마음을 내색하지 않았다.

"아, 말씀하신 마도서첩을 가져왔습니다."

시토라가 품속의 책자를 꺼내 내밀었다. 로이드는 책자를 받아 한 번 펼쳐보고는 흡족스럽게 고개를 끄덕였다.

"고생했다."

"별 말씀을 다하십니다. 로이드 님께서 잘 보관하셨던 것을 가져오기만 했을 뿐입니다."

"칸체레 수도원의 봉인을 해제한 일까지 포함해서 말하는 거다. 네가 봉인 해제 마법의 주문을 구해오지 않았다면 결코 거기 숨겨져 있었던 철벽의 서 전권을 손에 넣지 못했을 테지. 정말로 고생했다."

로이드가 시토라의 한쪽 어깨에 손을 얹었다.

시토라는 가슴이 뭉클해졌다. 로이드는 칭찬에 인색한 남자였다. 그런 남자의 밑에서 일하면서 가장 행복함을 느끼는 때가 바로 이러한 짧은 순간이었다.

"뭔가 필요한 건 없나?"

"없습니다."

'필요한 건 벌써 모두 주셨습니다' 까지 말하고 싶은 것을 시토라는 겨우 억눌러 참아냈다.

어쨌든 그것은 본심이었다.

로이드와 처음 만났던 열여섯 살의 여름부터 지금까지 그 마음엔 줄곧 변함이 없었다.

찌는 듯이 더웠던 열여섯 살의 여름날.

제국의 말단 관리였던 시토라의 아버지는 재수없는 사건에 휘말려 총살을 당했다. 어머니를 전염병으로 잃고 1년이 채 지나지 않아 벌어진 비극이었다.

바퀴벌레가 들끓는 낡은 집에는 시토라 혼자뿐이었다. 시토라는 아버지의 시신을 인수하기 위해 처형장으로 향했다.

며칠째 제대로 먹지 못한 그녀의 몸은 작렬하는 태양 아래서 금세 지쳤다.

하지만 그녀는 쉬지 않고 쓰러질 듯한 몸을 한사코 이끌었다. 온힘을 다해 가족을 먹여 살려온 아버지를 외면할 수는 없었다.

가까스로 도착한 마을 외곽의 임시 처형장에는 술에 취한 두 명의 보초병뿐이었다.

가냘픈 시토라를 바라보는 두 사내의 눈이 음탕함으로 희번덕거리고 있었다.

처형된 아버지뻘의 두 중년 사내는 실로 당당하게 아직 어린 시토라의 몸을 요구했다.

범죄자의 시신 처리 권한은 자신들에게 있다는 은근한 협박을 곁들이면서.

시토라는 길게 고민하지 않았다. 슬픔과 허기, 그리고 더위에 지친 머리는 생각하는 법을 잊어버렸다. 어차피 도망쳐 봤자 붙잡힐 것 같다는 자포자기의 심정도 있었다.

그녀는 두 사내의 손짓을 따라 처형장 내의 숙소 쪽으로 발길을 돌렸다.

바로 그때였다.

콰직!

"꺼어어어억!"

보초병 중 하나가 자신의 사타구니를 부여잡고 두 눈을 까

뒤집었다.

그는 반쯤 굽힌 오금을 벌벌 떨며 눈물 콧물을 질질 흘려대더니, 결국엔 바닥에 모로 쓰러져 입에 게거품을 물었다.

"누, 누구야!"

검은 로브를 머리 위까지 뒤집어 쓴 남자가 그들 앞을 가로막고 있었다.

보초병은 쓰러진 채 신음하는 동료를 버려두고 돌아서서 달아나려 했다. 그와 동시에 검은 로브의 남자가 손가락을 튕겼다.

퍼어억!

"꾸에에에엑!"

한 줄기 상렬한 마나가 보초병의 등허리에 저박혔다.

보초병의 허리가 괴상하게 뒤틀렸다. 선 끊어진 마리오네트 인형처럼 비틀거리던 그는 앞서 쓰러진 동료와 마찬가지로 바닥에 고꾸라져 흙바닥을 버둥거렸다.

"아흐흐흑…… 끄윽…… 끄으으윽……!"

"하반신 불구. 고자가 된 동료가 차라리 부러울지도."

검은 로브의 남자가 내려다보며 차갑게 말을 던졌다.

보초병은 고통으로 질펀하게 젖은 얼굴을 한껏 쳐들더니 추한 목소리로 쉿소리를 질러댔다.

"네, 네가 감히……! 위대한 제국의 병사에게 이런 짓을 하고도 무사할 수 있을 것 같으냐!"

"아가리도 털어주지."

콰앙!

검은 로브의 남자가 주먹으로 보초병의 입언저리를 강타했다.

왈칵 뿜어져 나오는 핏물 속으로 부서진 치아들이 뒤섞여 나왔다. 초점 잃은 두 눈을 치켜뜬 보초병은 너무 큰 아픔으로 비명조차 지르지 못하고 있었다.

"부족하면 혀도 잘라준다."

"으, 으워어……. 댜, 댜알모해쓰미다……! 아어, 아어어……!"

남자가 피로 물든 손을 거두고 일어섰다. 돌아보니 중요부위를 얻어맞고 쓰러졌던 보초병은 충격으로 인해 죽어버린 참이었다.

그 옆에 시토라가 곤혹스런 얼굴로 우두커니 서 있었다.

남자가 거침없이 시토라에게 다가갔다.

시토라는 떨리는 고개를 들어 머리 하나만큼 큰 사내의 얼굴을 올려다보았다.

바로 그 순간, 남자의 손바닥이 날아와 시토라의 뺨을 세차게 때렸다.

"네 아버지 대신이다."

고개가 꺾인 시토라에게 남자는 그렇게 말했다.

시토라의 두 눈 가득히 눈물이 고였다.

말라버린 줄 알았던 뜨거운 눈물이 두 뺨을 타고 줄줄이 흘러내렸다.

그녀는 주저앉아 처형장 전역이 울리도록 오열하기 시작했다. 그 사이에 검은 로브의 남자는 시토라 아버지의 시신을 수습해 화장까지 치러주었다.

"막막하면 날 따라와. 굶기지는 않을 테니."

시토라는 남자의 제안을 두말없이 받아들였다. 그 자리에서 결정을 내리고 남자를 따라 절망과 슬픔뿐인 마을을 떠나기로 했다.

마차에 몸을 실을 무렵에는 남자의 이름이 로이드 모빅이라는 것도 알게 되었다.

그 이후로 오늘까지.

시토라는 완전히 다른 삶을 살아가고 있었다.

"이봐."

"……."

"시토라."

"…아, 네?"

시토라가 상념에서 깨어나 머리를 번쩍 들었다. 어느새 서 있는 곳은 복도를 벗어나 중앙 홀을 낀 회의실 앞이었다. 걷는 내내 생각에 빠져 있어 주변을 의식하지도 못했던 것이다.

"뭔가 말씀하셨나요?"

"필요한 게 없냐고 두 번을 더 물었어."

"죄송합니다. 잠시 생각을 좀……."

"미안한 건 나야. 일을 너무 많이 줬어. 피곤한 것도 무리가 아니지."

"전혀 그렇지 않습니다."

"며칠만 더 참아줘. 놈들과의 담합 문제가 종결되면 두둑하게 휴가를 줄 테니까."

로이드의 말에, 시토라는 잠시 잊고 있던 담합에 관해 떠올렸다. 왕국의 제후들과 있을 이 담합은 로이드가 계획한 미래를 위해서 반드시 거쳐야 할 일이었다.

"장비와 관련된 일의 진행은 순조로우십니까?"

"그럭저럭. 그라즈라는 드워프 장인 솜씨가 아주 괜찮아."

"다행입니다."

"너무 오래 잡아뒀군. 그만 돌아가서 쉬도록 해."

"네, 루이제 님의 상태만 확인하고 쉬겠습니다."

"부탁하지, 그럼."

로이드가 로브자락을 펄럭이며 돌아섰다. 그에 맞춰 시토라도 회의실을 향해 걸음을 떼면서 각오를 되짚었다.

감상에 빠질 게 아니라 아직은 일을 해야 할 때였다.

"이상해."
"정말로 이상해요, 주인님."
"아, 정말 이상하다고."
"형님, 일어나시죠. 바닥이 찹니다."
공략을 끝낸 도서관 던전의 한가운데였다.
채빈은 보상 상자가 놓인 옆의 차디찬 바닥에 벌러덩 드러누워 있었다.
공략을 성공했지만 후련함은 느껴지지 않았다. 큰일을 보고 뒤를 닦지 않은 것처럼 마음이 한없이 찝찝하기만 했다.
"도대체 이게 어떻게 된 일이냐고. 이치에 안 맞이. 항상 명확했던 게 뒤틀리니까 짜증이 나고 불안하잖아."
채빈은 구기듯이 손에 쥐고 있었던 양피지를 눈 위로 치켜들었다. 벌써 몇 번을 반복해서 읽은 내용을 그는 또다시 확인하고 있었다.

〈상자 보상 안내〉

1. 하이드 마나 포스 마법서
—종류:3서클 마법서적

—산지:로쿨룸 대륙
—설명:사용자가 가진 마나의 기운을 숨긴다. 사용자보다 높은 서클의 상대가 펼치는 뷰 마나 포스 마법에는 버틸 수 없다. 3서클의 마나를 갖춘 자라면 사용 가능하다. 책을 펼치면 습득할 수 있다.
—요구조건:3서클 이상의 마나

2. 축력의 상자
—종류:상자
—산지:로쿨룸 대륙
—설명:축력이 담긴 상자. 축력을 사용하면 물품을 강화할 때 성공할 확률이 높아진다. 상자를 던지면 무작위로 1~10개의 축력을 얻을 수 있다.
—요구조건:없음

3. 보호력의 상자
—종류:상자
—산지:로쿨룸 대륙
—설명:보호력이 담긴 상자. 보호력을 사용하면 강화에 실패했을 경우 물품이 파괴되거나 수치가 하락하는 일을 막을 수 있다. 상자를 던지면 무작위로 1~10개의 보호력을 얻을

수 있다.

—요구조건:없음

 채빈은 한숨을 내쉬며 양피지를 얼굴 위로 떨어뜨렸다.
 어떻게 된 영문일까. 슬라빅의 마도서가 무작위로 열드 권이 나와야 할 텐데 단 한 권도 나오지 않았다.
 게다가 이 도서관 던전의 종류는 유한 던전이기 때문에 이걸로 끝이었다.
 제대로 나올 보상을 기대하고 다시 공략을 할 이유도 방법도 없었다.
 "어째서 유한 던전에서 보상이 엉뚱하게 나온 거지? 대공 슬라빅의 마도서는 어디로 간 기야? 왜 보호석이랑 축석 상자 같은 게 뜬금없이 나오는 거야? 누군가가 개입한 건가?"
 "개입하다니요?"
 "그러니까, 누군가가 칸체레 수도원의 봉인을 풀고 나보다 먼저 보상을 가져갔다거나……."
 채빈이 코끝을 긁으며 말끝을 흐렸다. 추측이 무엇이든 확신이 없었다.
 채빈은 차디찬 바닥에서 등을 떼고 몸을 벌떡 일으켰다. 싸늘한 공기를 품은 도서관 던전을 빨리 벗어나고 싶어졌다.
 "여기서 이러고 있어도 별수 없지. 일단 돌아가자."

채빈이 벌떡 일어섰다. 심각한 표정으로 입을 다물고 걸음을 옮기는 채빈에게 두 정령은 뭐라 말을 붙이지 못했다. 실상 그들도 보상이 갑작스레 변경된 이유에 깊은 의문을 품고 있었으니까.

"축하드립니다."

드미트리가 마왕성으로 귀환한 채빈을 반갑게 맞았다.

"도서관 던전 공략에 성공하셨군요. 덕분에 새로운 개발항목이 생겨났습니다."

"아, 그래요?"

채빈이 입을 반쯤 벌리고 대답했다. 전혀 기쁘지 않은 건 아니었다.

마왕성을 개발하는 일은 언제나 즐겁고 가슴 설레는 일이었다. 다만 던전의 보상 문제 때문에 머리가 지끈거리는 판국이라 뛸 듯이 좋지만은 않을 뿐이었다.

"일단 확인하러 가보시죠."

"그래요."

채빈은 드미트리를 따라 마왕성으로 들어섰다. 연호제의 마왕성에서 보았던 보관소 항목이 생겨났을 것이라고 그는 짐작하고 있었다.

하지만 막상 악마 동상이 쏟아낸 게시판은 채빈의 예상을 전혀 빗나간 내용을 품고 있었다.

〈마왕성의 게시판〉

2. 개발가능 목록

A. 환전소(비활성화 Lu.1)

—설명:환전용 아이템을 비롯한 마왕성 관련 각종 물품들을 코인으로 환전할 수 있다.

—소요시간:15분

—요구조건:270코인

"아, 드디어 환전소가 나왔군요."

프라이어가 채빈의 등 뒤에서 말을 끼냈다. 질세리 운디네가 그 말을 받아 이었다.

"요전에 얻으신 흑요석 낫이나 황금 삼각목마 있잖아요. 다 여기에 처분하시면 되겠어요."

"그래야겠지……."

채빈은 게시판을 지그시 바라보며 해야 할 일부터 해야겠다고 생각했다.

뒤바뀐 보상에 대해 지금 의문을 품어도 나오는 해답은 없다. 현재로서는 순전히 쓸데없는 근심일 뿐이다.

"운디네, 환전소를 개발하고 그간 얻은 전리품들을 코인으로 환전해 줘."

"네, 주인님."

"그리고 프라이어는 나랑 같이 공작소로 가자."

"강화하시려고요?"

"응, 그전에 오늘 얻은 상자들부터 깨고."

일단 결정을 내린 채빈은 바로 몸을 움직였다. 우선 하이드 마나 포스 마법을 습득한 그는 축석과 보호석이 담겨 있을 작은 상자를 각각 두 손에 들고 홀로 나갔다.

"축령구랑 사용법은 똑같네."

채빈이 머리 위로 두 상자를 한꺼번에 던져 올렸다.

바닥에 떨어진 두 상자가 눈부신 빛과 함께 부서졌다. 빛이 가신 자리에는 상자에서 나온 돌멩이들이 흐트러져 있었다.

"어디 보자……."

채빈은 몸을 굽히고 앉아 돌멩이들의 숫자를 셌다. 축석은 일곱 개, 보호석은 여섯 개였다. 무작위로 1~10개가 나오는 상자였으니 이만하면 제법 괜찮은 성적이라고 볼 수 있었다.

"이제 강화를 해봐야지."

채빈은 공작소로 잰걸음을 옮겼다. 시그너스 아머를 9강으로 만들 시도를 할 수 있게 됐다.

성공하면 더 이상은 강화를 하고 싶어도 할 수 없는 최강의 아이템이 되는 것이다.

그런 생각을 하자 변경된 보상으로 인한 불쾌함도 얼마간 사라지고 있었다.

〔강화 준비〕
―강화 전 : 시그너스 아머 (B등급, 방어구, +8)
―강화 후 : 시그너스 아머 (B등급, 방어구, +9)
―강화비용 : 1ㅁ코인

채빈은 공작소의 제단 위에 시그너스 아머와 보호석, 그리고 축석까지 모두 올렸다. 수량이 넉넉하니 축석을 아껴야겠다는 생각이 들지 않았다.

채빈은 가볍게 심호흡을 하고는 레버에 얹은 손을 힘차게 아래로 끌어당겼다.

끼이익!

―강화에 성공하였습니다 (+9).

광판 위로 뜬 한 줄의 글귀가 채빈의 두 눈을 사로잡았다.

결코 한 번에 성공하지 못할 거라고 여기고 있었던 탓인지 너무 놀라서 탄성조차 나오지 않았다.

드미트리는 얼이 빠져 있는 채빈을 그대로 세워두고 손을 뻗어 감정을 시작했다.

[시그너스 아머(+9)]

종류:방어구 등급:B등급
방식:마나연동형 방어력:76(4п+36)
착용제한:2서클 이상의 마나
부가효과:레비테이션 윙(기본), 사용시간 15초 추가(+1), 사용시간 15초 추가(+2), 프로스트 바(+3), 사용시간 15초 추가(+4), 사용시간 15초 추가(+5), 사용시간 1분 추가(+6), 시그너스 빔(+7), 사용 시간 1분 추가(+8), 사용 시간 1분 추가(+9)

특별한 기능이 추가된 것은 없었다. 8강을 했을 때와 마찬가지로 방어력이 4만큼 올랐고 사용 시간이 1분 더 추가되었을 뿐이었다.

어찌됐든 채빈은 기뻤다. 드디어 극한까지 강화시킨 최강의 아이템을 손에 넣었다는 뿌듯함이 물밀듯이 밀려왔다.

그때 드미트리가 갑자기 입을 열었다.

"주인님, 잠시 좀 보시죠."

"네?"

채빈이 시선을 되돌려 드미트리를 쳐다보았다. 드미트리는 감정을 끝낸 시그너스 아머를 들고 제단 쪽으로 돌아서고 있었다.

이미 강화를 모두 끝낸 물건을 갖고 무엇을 하려는 것일까. 광판 위에 설명이 뜨기 직전까지 채빈은 전혀 이해하지 못하고 있었다.

[강화 준비]
—강화 전:시그너스 아머(8등급, 방어구, +9)
—강화 후:시그너스 아머(7등급, 방어구, +1)
—강화비용:2만코인

"이, 이건……?!"

채빈의 입에서 놀란 숨이 훅, 하고 튀어나왔다. 이걸로 끝이 아니었던 것이다. 8등급의 9강인 시그너스 아머를 7등급의 1강으로 또 강화시킬 수 있었던 것이다.

"강화의 길은 멀고도 험난하지요. 최종적으로 1등급 9강을 만들어야 최강의 장비라 칭할 수 있을 것입니다. 조금은 맥이 빠지셨을 지도 모르겠습니다."

드미트리가 어쩐지 자신을 놀리고 있다는 생각이 들었지만 채빈은 전혀 불쾌하지 않았다.

게다가 맥이 빠지기는커녕 오히려 신이 났다. 보다 최강의 장비를 만들 수 있는 길이 아직도 한참이나 열려 있다는 사실 때문이었다.

"프라이어."

"네, 형님."

"시그너스 아머를 강화해 줘. 남은 보호석과 축석을 전부 사용해서. 모조리 실패해도 괜찮아. 그래도 7등급 7강까지는 올릴 수 있을 테니까."

"시그너스 아머에 전부 투자하실 생각이시군요. 앞으로 던전을 공략하면 처음부터 높은 등급의 장비가 나올지도 모르는데 거기에 대해서도 고려하신 겁니까?"

"고려고 자시고 할 것도 없어. 축석이나 보호석도 던전 공략하다 보면 계속 나올 거고. 일단 시그너스 아머에 정이 너무 들었어. 이건 단순한 갑옷이 아냐. 내 부적이지."

"알겠습니다. 맡겨주십시오."

채빈은 가진 보호석과 축석을 모조리 프라이어에게 넘겨주었다.

때맞춰 배에서 꾸르륵 소리가 울리면서 허기가 빠르게 밀려오기 시작했다. 아침에 입맛이 없어 아무 것도 먹지 않았던 탓이다.

프라이어가 말했다.

"우선 집에 돌아가셔서 식사를 하시죠."

"그럴까. 배가 고프긴 하네."

"저는 그 사이에 강화를 끝내고 공방 던전을 공략할 준비를 해두겠습니다."

"공방 던전? 아, 그래. 하나 남았지."

칸체레 수도원의 던전도 이제 다 공략하고 드디어 하나만 남아 있었다.

돌이켜 보니 참으로 순식간이어서 감회가 새로웠다. 채빈은 공략했던 던전의 풍경과 싸웠던 몬스터들을 머리에 그려보며 천천히 돌아섰다.

"그럼 먹고 올게."

채빈은 마왕성을 벗어나 집으로 돌아왔다. 그는 집으로 들어가려다가 말고 스쿠터를 주차시킨 집 앞으로 방향을 틀었다.

잠시 후 공방 던전을 공략해야 하기 때문에 소화가 잘되는 가벼운 음식을 먹고 싶었다.

"에혀, 그저 편의점 샌드위치가 짱이지. 듬뿍 넣은 햄샌드랑 번 인텐스나 하나 까서 마셔야겠다."

결정을 내린 채빈은 스쿠터에 올라타 시동을 걸었다. 사거리의 편의점을 향해 핸들을 꺾으려는 찰나, 주머니 속에서 핸드폰이 울리기 시작했다.

"아씨, 하필 이럴 때 누구야."

채빈은 툴툴거리며 주머니에서 핸드폰을 꺼냈다. 이름이

뜨지 않는 번호였다. 그럼에도 불구하고 한편으로는 낯설지 않은 번호이기도 했다.

"여보세요?"

채빈이 전화를 받았다. 한 중년 사내의 목소리가 전파를 타고 귓가로 날아들었다.

―아, 이채빈 학생, 잘 있었어요? 여기 부동산이야.

"아아, 사장님. 안녕하셨어요?"

채빈은 보이지도 않는 상대에게 반갑게 웃으며 대답했다.

채빈에게는 좋은 기억으로 남아 있는 사람이었다. 채빈의 형편이 여의치 않은 점을 배려해 여러모로 편의를 봐주었던 일들을 채빈은 온건히 기억하고 있었다.

―그 집에 사는 건 별 문제는 없고?

"문제랄 게 있나요. 아주 잘 살고 있어요. 그런데, 갑자기 전화를 다 주시고 무슨 일이시죠?

―그게 말이지, 갑자기 이런 말을 해서 나도 참 미안해요. 그러니까 그게…….

업자의 꺼져 드는 한숨 소리가 채빈의 고막을 후벼 팠다.

갑작스레 엄습해오는 불안감 속에서 채빈은 스쿠터의 시동을 껐다. 전파 너머에서 업자의 목소리가 이어지고 있었다. 그리고 채빈의 낯은 시시각각 빠르게 어두워지고 있었다.

"그럴 수가……."

채빈은 스쿠터에서 내려서서 뒤를 돌아보았다.

마왕성과 연결된 자신의 셋방 건물이 여전히 을씨년스럽게 그곳에 서 있었다. 차가운 칼바람이 채빈의 뺨을 할퀴듯이 지나가고 있었다. 업자가 하는 말을 곧이곧대로 받아들일 수가 없었다.

"망할!"

쾅!

채빈이 주먹으로 담벼락을 후려갈겼다.

시멘트벽이 와르르 무너져 내리면서 흙먼지를 일으켰다. 씩씩거리며 더운 숨결을 뿜어내던 채빈은 곧 무너진 담벼락에 이마를 기대고 머리를 감쌌다.

이제 공방 넌선 공략이 문제가 아니었다.

마왕성을 Lv.5로 만든 사건 이후, 지금 채빈의 마음은 최고조로 다급해지고 있었다.

제6장
집

이계
마왕성

채빈은 실로 오랜만에 부동산을 찾았다.

서울로 상경해 집을 구한 날 이래 첫 방문이었다. 그간 다시 찾을 이유가 전혀 없었지만 이제는 아니었다. 채빈의 일생일대가 걸린 문제가 발생하고 만 것이다.

"아, 학생."

"안녕하세요. 아니, 그것보다 대체 무슨 말씀이세요? 어떻게 된 거예요? 전화로 하신 말이 정말이세요? 주인이 갑자기 왜 그러는데요?"

채빈은 업자를 만나자마자 기관총 쏴대듯이 질문을 이어

갔다.

 흥분을 감출 수가 없었다. 난데없이 잘 살고 있는 집을 조속히 비워 달라니 어찌 얌전히 있을 수 있겠는가.

 그것도 올해 안에 마왕성을 극한까지 개발해야 하는 이토록 중요한 시기에 말이다.

 "사정은 나도 잘 모르네. 집주인 노인네가 성격이 워낙 괴팍해. 빨리 비워 달라는데 업자인 나나 세입자인 자네나 별수가 있나."

 업자가 손수건으로 이마의 흐르는 땀을 닦았다.

 채빈은 두 볼을 부풀리며 숨을 깊이 들이쉬었다. 터질 듯이 뛰는 가슴은 쉽사리 진정될 기미가 없었다.

 "제가 돈을 주고 산다면요? 어떻게 하겠대요?"

 채빈이 언성을 높이며 물었다.

 어차피 언젠가 닥칠 일이었다. 지하실에 마왕성을 품고 있는 그 집에서 평생 월세를 내며 불안하게 살고픈 마음은 없었다.

 때가 되어 충분한 돈이 모이면 완전히 자신의 소유로 만들 생각을 채빈은 항시 해오고 있었다.

 다만 구입을 서두르지 않았던 건 당장 1년 후 벌어진 마계의 구역 전쟁에 정신을 쏟고 있었기 때문이다.

 월세를 내며 살아가는 생활에 특별히 큰 문제가 없기도 했고.

그러나 업자의 대답은 절망적이었다.

"혹시나 해서 나도 물어봤지. 안 될 거 같은 걸. 전에도 언뜻 자네에게 얘기한 적 있는 거 같은데, 자기 첫 집이라고 절대 안 팔겠대요. 그리고 무시하는 건 아닌데 아직 젊은 자네에게 그 집을 구입할 만한 재력이……."

채빈이 고개를 세차게 뒤흔들며 업자의 말을 잘랐다.

"한 번만 더 얘기 좀 해봐 주세요. 제가 정당하게 제값 주고 사겠다고 하더라고요. 네? 사장님, 부탁드려요."

"어이구야……."

업자가 주름진 이마를 싸맸다.

채빈은 두 눈을 치켜뜨고 업자를 바라보며 계속 채근하고 있었다. 포기힐 수 있는 종류의 문제가 아니었다.

기어이 업자가 자기 핸드폰을 집어 들었다.

"으음, 다시 한 번 전화해서 물어보겠네."

"고맙습니다."

집주인에게 팔 의향만 있다면 이후의 문제는 어떻게든 해결할 수 있을 것이다.

채빈은 조마조마한 심정을 억누르며 최대한 긍정적으로 생각하려고 애썼다.

'잔고가 얼마쯤 있을까. 12월에 2억 8,000만 정도였으니까 지금 최소 3억 5,000만 정도는 됐겠지. 적어도 매달 7,000만

원 씩은 수입이 있으니까. 우선 그걸로 종자돈 삼고, 작업장 사업신고 낸 것도 있으니 소득증명해서 담보 대출을 받을 수도 있을 거고. 아씨, 근데 대출이 몇 퍼까지 되려나. 그것만으로는 턱도 없을 텐데…… 세만이 형한테 신세를 져야 하나. 뭐라고 말하고 돈을 빌리지? 몇 달이라도 좀 여유가 있으면 좋을 텐데.'

채빈이 부지런히 머리를 굴리고 있는 사이 업자가 핸드폰을 쥔 채로 일어섰다.

업자는 곁눈으로 채빈의 눈치를 보며 작은 목소리로 상대와 조곤조곤 대화를 이어가고 있었다.

"네네, 어르신. 접니다. 그 집말인데요. 파실 생각은 전혀 없으십니…… 이크! 죄송합니다. 아니, 저도 자꾸 똑같은 말씀을 드리려던 건 아니고 그저……"

상대가 화를 벌컥 냈는지 업자는 쩔쩔매고 있었다. 덩달아 채빈에게까지 불안감이 엄습해 왔다.

이윽고 전화를 끊은 업자는 목을 쥔 넥타이를 풀며 무거운 한숨을 토해냈다.

"어휴, 귀청 따가워. 거 봐, 절대 안 판대. 무조건 비워 달라는 말뿐이야."

"아니, 왜요? 거기 특별히 호재가 있는 지역도 아니잖아요."

"이 사람아, 난들 아나? 노인네가 목청은 또 이리 좋아. 아무튼 이제 더 말하지 말게. 나도 할 만큼 했어요."

꾹 쥔 채빈의 두 주먹이 허리춤 아래서 부르르 떨렸다.

쓰러지듯 소파에 앉아 채빈은 두 눈을 감았다.

이제 어떻게 해야 하는가.

집을 손에 넣기 위해 무엇을 해야 할 것인가.

새카만 머릿속으로 온갖 상념이 오갔다. 그중에는 평범한 사람으로서 해서는 안 될 악랄한 짓도 포함되어 있었다.

'납치할 수밖에 없는 거야?'

채빈은 자신이 이런 생각까지 하게 될 만큼 벽에 부딪쳤다는 걸 실감했다. 스스로 꽤나 선한 편이라고 믿으며 살아왔기에 역거움과 자괴감 또한 밀려오고 있었다.

하지만 어쩌란 말인가.

정말로 마왕성을 잃어버릴 수는 없는 노릇이었다.

끝내 안 팔겠다면 집주인을 잡아다가 어딘가 이계에 처박아둘 수밖에 없을 것 같았다.

하지만 여든이 넘은 노인을 그렇게 대했다가 죽기라도 한다면?

그게 아니더라도 남은 가족들이 겪게 될 분노와 슬픔은? 채빈은 머리칼을 마구 쥐어뜯었다.

바로 그때, 머릿속으로 프라이어의 목소리가 울렸다.

―형님, 일단 직접 만나라도 보시지요. 주소라면 제가 방금 보고 외워뒀습니다.

채빈이 고개를 들었다. 아주 작은 빛이 업자의 책상 서류더미 위에서 희미하게 깜박이고 있었다. 프라이어였다.

―그래, 가보자.

채빈은 직접 주인을 만나서 사정해 볼 작정을 하고 일어섰다.

프라이어의 말이 맞았다. 아직 결판이 난 것은 아니었다.

"고맙습니다, 사장님. 그만 가볼게요."

"어, 어어 학생! 집을 언제까지 비워줄 건지 그 얘긴……!"

채빈은 업자의 말을 외면하고 부동산을 나섰다. 시동이 꺼지지 않은 스쿠터가 몸을 떨고 있었다.

채빈은 즉시 올라타서 헬멧을 머리에 썼다.

"어디로 가면 되지?"

―평창동입니다, 형님.

부르릉!

스쿠터가 빛살처럼 튕겨 나갔다.

단숨에 최고속도까지 치달은 스쿠터는 차와 차 사이를 관통하고 신호를 무시하며 미친 듯이 달리기 시작했다.

―형님, 위험합니다. 속도를 조금 줄이세요.

프라이어의 주의에도 아랑곳없었다.

채빈은 꽉 잡은 손잡이를 놓지 않았다.

스쿠터의 속도는 도무지 줄어들 줄 모르고 꽉 막힌 도심을 쐐기처럼 꿰뚫었다.

바람을 타고 날아드는 흙먼지가 헬멧의 고글 위로 세차게 부딪쳤다. 시시각각 목적지가 눈앞으로 다가오고 있었다.

끼이익!

―휴우!

기어코 스쿠터가 급정거를 하고 멈춘 다음에야 프라이어는 안도의 한숨을 내쉴 수 있었다.

채빈은 헬멧을 벗어 던지듯이 내려놓고 눈앞의 언덕배기로 잰걸음을 내딛었다. 어깨 위로 프라이어가 다급히 따르며 설명했다.

―저기 두 번째 갈색 단독주택입니다.

"알았어."

성큼성큼 대문으로 다가드는 채빈의 사고는 거의 정지된 것이나 다름없었다.

스스로 생각해도 뜬금없기 짝이 없는 방문이다. 여기까지 와버린 마당에 직구승부 이외에 다른 무슨 수가 있겠는가.

채빈이 손을 들어 초인종을 누르려는 순간이었다.

"아버지, 이제 고집 좀 그만부리세요!"

"시끄럽다!"

채빈은 초인종 위로 향하던 손을 거두고 자기도 모르게 옆으로 몸을 숨겼다.

대문 너머에서 고성이 울리고 있었다.

"도대체가 개꿈 하나 믿으시고 그 집으로 돌아가신다는 게 억지스럽다구요. 허구헌날 석대 놈 생각만 하시는데 꿈을 안 꾸는 게 더 이상한 일 아닙니까?"

"개꿈이라니! 개꿈이라니! 석대가 분명히 나에게 말했어! 아직도 내 뇌리에 생생해!"

"억지예요, 아버지. 제발 마음 돌리세요. 여기 좋은 집 놔두시고 왜 그 구질구질한 데로 들어가십니까? 정 석대 놈 때문에 마음이 안 놓이시는 거면 제가 차라리 사람이라도 보내 둘게요."

"네가 아무리 떠들어도 애비 마음엔 변함없다."

"애들 학교 문제도 있고 집사람도 거기로는 못가요!"

"에에이, 누가 너희더러 돌봐달라든?! 나 혼자 들어간다는데 왜 자꾸 난리야!"

"고지혈중에 당뇨까지 있는 분이 왜 이러세요! 그냥 그 애물단지 같은 집 팔아버리자구요! 거기 들어간다고 석대가 돌아올 것 같습니까? 또 어디 가세요, 아버지!"

"네놈이 하도 시끄럽게 굴어서 바람 좀 쐬려 그런다!"

덜컹!

'이크!'

불시에 문이 열렸다. 채빈은 대문 옆의 담벼락으로 가 등을 대고 섰다.

얼굴에 주름이 가득하고 허리가 굽은 노인이 지팡이에 몸을 의지해 밖으로 나오고 있었다.

곧이어 오십대의 남성이 찌푸린 얼굴로 노인의 뒤를 따라 나왔다.

조금 전의 언쟁은 이 두 사람 사이에 오갔던 것이리라 하고 채빈은 생각했다.

"누구요?"

오십대 남자가 채빈을 발견하고 수상쩍은 눈초리로 물었다.

채빈은 잠시 궁리한 끝에, 딱히 묘책이 없음을 새삼 느끼고 찾아온 이유를 사실대로 밝혔다.

"안녕하세요. 저 이채빈이라고 합니다. 여기 사시는 어르신 건물 세입자예요."

"이… 채… 빈? 아, 그 세입자?"

채빈의 말에 노인이 지팡이를 딱 멈추고 돌아보았다.

파르르 떨리는 눈꺼풀 속으로 가늘게 뜬 두 눈이 채빈을 노려보고 있었다.

"여길 왜 왔나?"

"네?"

"빨리 방이나 비워주면 될 것을 왜 왔냐는 말일세."

노인이 다짜고짜 따지듯이 말했다. 채빈은 기분이 좋지만은 않았지만 세입자인 자신의 포지션이 을인 데다, 또 상대가 한참 높은 어른이기에 정중한 태도를 유지하고 대답했다.

"그 집을 제가 사고 싶은 마음에 이렇게 말씀을 드리러 왔습니다."

노인의 두 눈이 부릅떠지며 짙은 노기를 띠었다.

채빈이 황급히 두 손을 내두르며 덧붙여 말했다.

"물론 어르신께 파실 의향이 없으셨다는 것도 압니다. 부동산 사장님께도 충분히 얘기 들었고요. 그래도 어떻게든 부탁을 드리고 싶어서 이렇게 실례를 무릅쓰고 찾아왔습니다."

"돌아가게."

"정 못 파시겠다면 1년이라도 살 수 있도록 배려를 좀……."

"무슨 말을 해도 안 돼!"

노인이 끝까지 듣지도 않고 버럭 소리를 내질렀다.

"절대로 팔 일 없으니 같은 말 자꾸 시키지 말고 빨리 돌아가란 말이야!"

"어, 어르신……!"

노인이 채빈을 등지고 휙 돌아섰다.

딱, 딱, 딱, 딱……!

바닥을 짚는 지팡이 소리에 날이 서 있었다. 채빈은 닭 쫓던 개 지붕 쳐다보듯 멀뚱히 그 뒷모습을 바라보고 섰다.

오십대의 남자는 그 옆에서 침통한 기색으로 담배를 꺼내 물고 있었다.

"에이이!"

바로 그때, 열 걸음쯤 걸어가던 노인이 걸음을 멈추고는 짜증이 만연한 얼굴로 채빈을 돌아보았다. 그러고는 끓어오른 가래를 퉤, 뱉더니 이렇게 말하는 것이었다.

"왜 그렇게 그 집에 살고 싶은지 사정까지야 내 알바 아니지만… 섯 그렇다면 조건이 있네."

"조건이요?"

"석대를 찾아서 내 앞으로 데려와! 내 막내아들 말이야! 그러면 자네에게 그 집을 팔아주지!"

"제가 어르신의 막내아드님을 무슨 수로 찾습니까?"

"그러니까 하는 소리야! 그 집을 사겠다는 생각은 버리고 여긴 얼씬도 하지 마! 빨리 방이나 비워!"

그걸로 끝이었다. 노인은 심통 맞은 걸음걸이로 언덕을 쭉 내려가서는 모퉁이 너머로 사라졌다. 망연자실하게 서 있는 채빈에게 오십대의 남자가 물었다.

"자네 나이가 어떻게 되나?"

"스물한 살입니다."

"어리구만. 이해가 안 가네. 왜 그렇게 그 집을 사려고 하나?"

"정들었어요. 서울에 올라와서 처음으로 가진 집이거든요. 처음엔 구입할 생각이 없어서 월세로 들어갔는데 살면 살수록 아예 제가 사고 싶어지더라고요."

남자가 담배 연기를 훅 토해내고는 채빈을 머리부터 발끝까지 훑어보았다. 그만한 재력이 있기나 한 건지 의심하는 눈초리였다. 채빈이 기미를 눈치채고 선방을 날렸다.

"시세라면 알고 있습니다. 14억 2,000만 원이죠?"

"뭐?"

"아닌가요? 예전에 부동산 사장님께 들은 금액인데."

갑자기 사내가 고개를 뒤로 젖히며 쿡쿡 웃었다.

"하하하. 그게 언제적 얘기야. 요즘 같은 불경기에 자네라면 그런 집을 14억이나 주고 사겠나? 게다가 그 당시엔 옆으로 개발호재 거품이 있었어. 지금이야 다 개소리가 됐지만."

"그럼 지금은……?"

사내가 뒷목을 붙잡고 잠시 고개를 갸우뚱거렸다.

"흠……. 어쨌든 노인네 맘이지만 그렇게 비싸진 않을 거야. 어, 이 친구 표정이 엄청 반갑네? 정말 그만한 돈이 있긴 한가 보지? 집안이 빵빵한가?"

"아아, 네. 뭐 그냥……."

채빈이 적당히 고개를 끄덕이며 말을 흐렸다. 남자는 필터까지 타들어간 담배를 벽에다 비벼 끄고는 한숨 섞인 담배 연기를 길게 토해냈다.

"실은 나도 자네에게 확 팔아버리고 정리하고 싶은 마음이야. 그 집을 사겠다는 자네 같은 사람이 있다는 사실도 신기할 정도거든. 근데 저 노인네를 설득할 방법이 없어."

"부동산에서 들은 얘기는 좀 있어요. 생애 최초로 구입하신 집이라 애착을 갖고 계시다고요."

남자가 콧등을 구기며 도리질을 쳤다.

"처음으로 장만한 집이니 뭐니 하셔도 결국은 막내아들 때문이지. 나랑 무려 열여섯 살이나 차이 나는 동생 놈인데 그 녀석이 그 집에서 태어났어. 내가 분가하고 나서도 고등학생이 될 때까지 노인네랑 같이 거기서 살았지. 아, 자네도 피울 텐가?"

남자가 새로 담배를 꺼내 물다가 채빈에게도 권했다. 채빈이 공손히 사양하자 남자는 자기 담배에 불을 붙이고 말을 이었다.

"노인네가 놈을 끔찍하게 아끼셨지. 이런 얘기 쌔고 쌨잖아. 막둥이라고 오냐오냐 키우다 보니 지 잘난 줄만 아는 놈으로 자랐지. 고등학생이 되어서는 허구헌날 질 나쁜 놈들이랑 어울려 다니더니 스물이 넘어서도 취업할 생각도 없는 건달이 됐지. 그러다가 스물다섯 살 때인가, 등짝에 호박넝쿨 문신을 박은 거야. 진짜 순 깡패 새끼가 된 거지. 그 문신을 우연히 본 노인네가 처음으로 몽둥이를 들고 놈을 두들겨 패셨어."

거기까지 술술 옛이야기를 토해낸 남자는 잠시 말을 멈추고 숨을 골랐다. 하늘 저편을 바라보는 그의 두 눈가가 어쩐지 젖어 있었다.

"꼴에 자존심은 엄청났지. 신나게 얻어터지고 욕을 먹더니 밤새도록 씩씩거렸어. 그러고는 날이 새기 무섭게 집을 뛰쳐나갔지. 자기 힘으로 성공하기 전엔 돌아오지 않겠다고 쪽지 하나 달랑 남기고 말이지. 그게 벌써 14년 전 얘기야."

"아아……. 그래서 저, 찾기는 찾으셨나요?"

채빈이 넌지시 물었다. 그러자 남자는 속을 알 수 없는 표정으로 두 눈을 깜박였다. 침묵 속에서 담배 연기만 자욱하게 퍼지고 있었다.

"아버지는 못 찾으셨지."

한참 만에 남자는 그렇게 입을 뗐다.

"흥신소만 해도 열 군데는 부탁했을 거야. 근데 아무데서도 못 찾아줬어."

"왜죠? 주민등록증이 아예 말소됐다거나 그런 이유인가요?"

"그런 건 아니고……. 그만한 이유가 있긴 했지."

남자는 그렇게만 말하고 말아버렸다. 그는 다 피운 담배를 벽에 또 비벼 끄고는 노인이 사라진 언덕 쪽으로 걸음을 내딛으며 말했다.

"뭐, 그렇게 된 사정이니까 자네도 이해하고 그만 돌아가게. 재미도 없는 얘기를 너무 길게 해서 미안하네. 그럼 이만."

남자가 양어깨를 늘어뜨린 채 터벅터벅 멀어져 갔다.

채빈의 가슴 속에서는 한 가지 또렷한 확신이 떠오르고 있었다.

이내 채빈은 그 확신에 떠밀리듯 튕겨나가 남자를 가로막고 섰다.

"저기, 잠시만요."

"왜 이러나?"

"어디 사는지 저에게 알려주세요."

"뭐라고?"

"동생 분이 어디 계신지 아시는 거잖아요. 저한테 한 번 맡겨봐 주세요. 제가 무슨 수를 써서라도 설득해 보겠습니다."

남자가 입을 반쯤 벌리고 침묵했다. 채빈은 끈질긴 눈빛으로 남자를 응시하며 대답을 기다렸다. 이윽고 남자가 어이없어하며 물었다.

"자네, 내 동생이 어떤 놈인지나 알고 하는 말이야?"

"어슴푸레 짐작은 하고 있습니다."

"그런데도 가겠다고? 이렇게까지 해서 그 집을 사고 싶은 이유가 있는 거야? 정말이지 이해가 안 가네."

"부탁드립니다. 알려주세요."

"이것 봐, 학생. 무슨 수로 자네가 회유를 하겠다는 거야? 자네는 일단 우리 가족도 아니고 생판 남이야."

"알고 있습니다."

남자는 자기 아버지가 사라진 방향 쪽을 힐끗 살피고는 작은 소리로 소리치듯 말을 이었다.

"내가 놈을 찾아간 것만 벌써 수십 번이야. 내 말도 안 듣는 녀석이 자네 말을 들을 것 같은가? 생각을 해봐, 자네가 갔어. 딱 그 녀석을 찾아가서 사정을 설명하면 어떻게 될 거 같아? '저는 세입자인데 집을 사기 위해 댁을 모시러 왔습니다. 함께 돌아가 주십쇼' 라고 할 건가? 그럼 그 깡패 녀석이 '아이쿠, 여기까지 오느라 고생하셨습니다. 어서 올라가시죠' 하고 자넬 넙죽 따라 올라와 줄 것 같아?"

남자는 답답한 기색이 역력한 목소리로 채빈을 거듭 책망하고 있었다.

"나도 이젠 녀석 못 찾아가. 한 번만 더 찾아오면 아예 국내를 떠나 버릴 거래. 고집 하난 드럽게 센 놈이지. 아마 자네도 내가 보냈다는 걸 알면 된통 당할 거야."

"그래도 괜찮아요. 저에게 일단 알려만 줘보세요."

채빈이 허리를 90도로 굽히며 재차 간청했다.

머지않아 환갑을 바라보는 큰아들은 도저히 이해되지 않는다는 눈길로 채빈을 물끄러미 바라보고만 있을 뿐이었다.

"이봐, 학생. 한 번만 더 물어봐도 되겠나?"

"네."

"그 집 근방에 무슨 호재가 있나?"

"설마요."

대한민국 최고의 부동산업자도 모르는 비밀스런 호재라도 있는 거야?"

"그럴 턱이 있겠습니까?"

"진짜 그냥 그 집 자체가 마음에 들어서 사겠다고?"

"그렇다니까요."

"생판 모르는 내 동생을 찾아가 부탁을 할 정도로?"

"맞아요."

"허허, 나 참."

남자는 이마를 싸잡고 하늘을 보며 웃었다. 옆집에서 키우는 똥개가 꼬리를 흔들며 나와 짖어대며 화답하고 있었다.

그로부터 약 한 시간 후.

채빈을 태운 KTX는 이제 막 서울을 벗어나고 있었다.

"계속 고집을 부리니 알려주는 거네만 다치게 되더라도 후회하지 말게. 가능하면 내가 보냈다는 말은 하지도 말고. 만에 하나라도 자네가 내 동생을 데리고 와준다면 그 집은 반드시 자네가 살 수 있도록 나도 돕겠네. 내가 약속하지."

채빈이 손에 쥔 메모지에는 지금부터 찾아가야 할 막내아들에 대한 간단한 신상정보가 적혀 있었다.

이름 장석대, 나이 39세, 그리고 3년 전의 거주지 주소와 핸드폰 번호······.

사진도 있었다. 집을 나가기 전에 찍었던 가족사진이었다. 장석대란 사람은 풍채가 늠름하고 눈매와 콧날이 예리한 호남의 얼굴을 갖고 있었다.

"형님, 정말 어떻게 하실 작정이십니까?"

"정공법이지 뭐 어떡해. 모든 게 먹히지 않을 경우엔 만약의 수도 고려하고 있어."

"만약의 수라니요?"

"미안한 일이지만 어디 이계에 납치라도 해둬야지. 연호제한테 부탁한다거나……. 히익! 깜짝이야. 넌 언제 따라왔어?"

어느새 등 뒤에 운디네가 서 있었다. 그녀는 딸기무늬 원피스 끝자락을 펄럭이며 채빈과 딱 붙어 앉더니 팔짱을 끼며 까르르 웃었다.

"바늘 가는데 실이 어떻게 가만있어요?"

"갖다 붙이지 말고. 그리고 이렇게 추운데 무슨 원피스야?"

"어머, 레깅스 신었잖아요. 두꺼워서 따뜻해요. 만져 보실래요?"

운디네가 채빈의 손을 끌어다 자기 허벅지 위에 놓았다. 채빈은 소스라치게 놀라 엉덩이 데인 송아지처럼 벌떡 일어섰다.

"아우, 하지 좀 마. 사람들 보는데."

"우후후, 주인님 부끄럼쟁이. 삶은 계란 드실래요?"

"아, 돌겠네. 놀러가는 거 아니라고."

한참을 달려 KTX는 동해 바다와 면한 역에 도착했다.

채빈은 택시를 잡아타고 적힌 주소를 일러주었다. 멀지 않은 곳이라 택시는 금세 채빈을 작은 마을의 한 후미진 건물 앞에 데려다놓았다.

"봉봉 노래방? 남양토건이 아니고?"

채빈이 혼자 중얼거리며 간판을 올려다보았다. 이제 막 개업을 한 듯 새 간판이었다. 2층으로 향하는 계단 좌우에는 화환도 늘어서 있었다.

"이제 어떡하죠?"

"일단 들어가 봐야지."

"형님, 제가 조사를 먼저 해보는 게 어떨까요? 나중에 무슨 일이 생길지 모르니 일단 형님 정체는 숨기시는 편이 좋을 것 같습니다."

"으음, 그럴까? 넌 홀리 이미지도 있고."

채빈과 프라이어가 그렇게 대책을 강구하고 있는데 한 사내가 2층에서 폐지더미를 들고 뛰어내려오고 있었다.

사내와 눈을 마주친 순간 채빈은 자기도 모르게 숨을 죽였다. 자신이 찾아온 남자 장석대가 틀림없었다.

"뭐야?"

석대가 채빈을 보자마자 대뜸 물었다.

직사각형의 짧은 스포츠머리에 악어가 그려진 셔츠, 그리고 검은색 정장바지 차림이었다.

채빈은 옷깃 속에 숨어 있는 두 정령의 존재를 느끼며 차분히 대답했다.

"아니요, 그냥 지나가는 길에……."

얼떨떨한 나머지 헛말이 나왔다. 석대가 성큼성큼 다가와 채빈의 앞에 섰다. 장신인 그는 채빈의 정수리를 내려다보더니 이윽고 불쑥 물었다.

"알바하려고?"

"네?"

"알바하려고 온 거잖아? 저기 벽보 보고 있었지?"

석대가 가게 앞에 붙은 전단지를 가리켜 보였다. 채빈이 어이가 없어 말을 못하고 있는데 석대가 대뜸 어깨를 잡아끌었다.

"빨리 들어와. 나 자리 좀 비워야 돼."

"어어어, 잠시만요!"

"잠시는 무슨 잠시야. 너 채용됐다고. 시급 빵빵하게 줄게."

채빈은 졸지에 석대의 손에 이끌려 2층의 노래방으로 올라가게 되었다.

노래방에 들어가 보니 오픈 준비는 완벽하게 끝나 있었다. 태부 인테리어는 딱히 특징은 없었지만 깔끔하고 차분한 인상이었다. 카운터 한 쪽에는 만들다 만 레고 블록이 널브러져 있었다.

"아, 이거 너무 심심해서……. 하하하."

석대는 민망한 듯 웃으며 레고를 한구석으로 치웠다. 그러더니 채빈을 카운터 한가운데로 끌어다 앉히며 말을 이었다.

"내가 오늘은 동생들이랑 형님들도 많이 와서 인사하느라

바쁠 거야. 당장 친구가 고생 좀 해줘야겠어."

"저기, 그게요. 저는 일단 노래 넣어주는 방법도 모르는데."

"손님한테 물어봐."

"네에? 아니, 사장님. 그런 게 어딨어요? 사, 사장님, 어디 가세요?"

석대가 채빈을 놔두고 휑하니 나가 버렸다. 채빈은 어쩔 줄을 몰라 자리에서 일어나 발을 동동 굴렀다.

"아, 미치겠네. 주유소 기름 넣는 거 말고는 뭐 아는 게 있어야지."

"제가 좀 도와드리겠습니다, 형님. 누가 물어보면 그냥 친구라고 하죠."

"그래줄래?"

"저도 도울래요, 주인님."

"운디네 넌 여자라서 안 돼."

"왜요?"

"아씨, 아무튼 안 돼. 넌 그 안에 얌전히 있어."

채빈이 주변을 쓱 둘러보며 거절했다. 건달들이 드나들고 술도 팔 게 분명한 노래방에서 운디네에게 무슨 일을 시키게 될지는 뻔했다. 상상조차 하고 싶지 않았다.

덜컹!

그때 문이 열리며 손님인지 석대의 동료인지 구분이 애매한 남자들이 성큼성큼 노래방으로 들어왔다.

하루에 몇 끼를 먹는지 전부 곰 같은 덩치에 깍두기 머리를 한 사내들이었다.

사내 중 하나가 채빈을 째려보며 물었다.

"뭐야?"

뭐야라니, 이 동네 사람들은 처음 본 사람에게 하는 첫마디가 어떻게 다 이럴까.

채빈은 어처구니가 없었지만 자신의 상황을 상기하고 또박또박 대답했다.

"알바생입니다. 일 시작한 지는 5분 정도 됐어요."

"그래? 형님은?"

"형님이요? 아, 사장님이요. 조금 전에 나가셨습니다."

사내가 건들건들 몸을 돌리며 고개를 끄덕였다.

"한 시간만 넣어봐. 맥주도 다섯 개만 넣고."

"저기, 제가 아직 하는 법을 잘 몰라서……."

사내들은 채빈의 말을 다 듣지도 않고 방으로 들어갔다. 채빈은 정말이지 미칠 것만 같았다.

컴퓨터를 조작하는 방법과 맥주가 들어 있을 냉장고의 위치를 찾아 우왕좌왕하고 있는데, 들어간 지 10초도 되지 않은 사내들이 고함을 지르며 보채기 시작했다.

"노래 안 넣어줘?!"

"아, 네, 네, 지금 넣어요!"

"목 타 뒈지겠네. 맥주도 좀 달라고!"

"지금 가져갑니다!"

프라이어가 사람으로 변해 채빈을 도왔다. 눈썰미가 좋은 프라이어는 재빨리 냉장고를 찾아 맥주를 쟁반에 담고 마른 안주들을 곁들여 사내들의 방으로 배달해 주었다.

그 사이에 채빈도 다행히 컴퓨터를 조작하는 방법을 파악했다.

"휴우."

사내들의 노랫소리가 나오고 나서야 채빈은 비로소 한시름을 놓았다. 이렇게 전투적으로 시작되는 아르바이트는 실로 처음이었다.

"어머, 벌써 개시를 했네?"

이번엔 또 한 무리의 여자 손님들이 우르르 밀려왔다.

구불구불 파마머리에 짧은 스커트, 진한 립스틱을 바른 입으로는 껌을 질겅질겅 씹어대고 있었다. 채빈이 쭈뼛거리며 일어나 그들을 맞았다.

"어, 어서 오세요."

"어머, 알바?"

"네."

여자 하나가 채빈의 뺨을 싹싹 만지며 웃었다.

"귀엽네. 커피 마시러 놀러와. 요 앞 별다방이야."

"네, 네……."

"한 시간만. 음료수 탄산 빼고 알아서 챙겨주고."

여자들이 방으로 들어가기 무섭게 품속의 운디네가 씩씩거렸다.

"웃겨. 눈웃음치는 것 좀 봐. 역시 제가 일을 하는 편이 낫겠어요."

"부탁이니까 넌 제발 얌전히 있어 줄래?"

개업식 당일이기 때문인지 손님들은 계속해서 밀려들었다. 시간이 지나고 이제는 들어갈 방이 없어 대기하는 손님들까지 발생하는 판이었다.

더 심각한 건 노래방이 술집으로 변하고 있다는 점이었다. 모두가 문을 활짝 열고 이 방 저 방을 오가며 맥주를 퍼마시고 노래를 불러댔다. 채빈은 귀청이 떨어져 나갈 것만 같았다.

네다섯 시간이 지나서야 나갔던 석대가 얼큰히 취한 얼굴로 돌아왔다. 석대가 오자 손님들 모두가 반갑게 웃으며 그에게 몰려들었다.

"어이쿠, 석대 형님. 축하드립니다. 이제 번듯한 사업장도 생기시고, 형수님 엄청 좋아하시겠습니다."

"하하핫, 이 새끼. 코딱지만 한 노래방 하나 가지고 뭘."

"마음고생 다 끝나셨네요. 정말 축하드립니다, 형님. 제가 형님 정말 존경하는 거 아시죠?"

"닥쳐, 새끼야. 간지러운 소리 그만하고 들어가 노래나 불러. 맥주 필요하면 다들 말하고. 오늘은 내가 왕창 쏜다!"

"이야아아아! 석대 형님이 최고시다!"

광란과 환호의 도가니.

채빈은 애들처럼 서로를 얼싸안고 노래와 술에 취해 뛰노는 건달들을 보면서 입을 다물었다.

가만히 들여다보고 있노라니 나쁜 느낌은 아니었다. 정겨운 분위기 속에 따뜻함이 농밀하게 묻어나고 있었다.

시간이 지나고 손님들이 하나둘씩 자리를 떴다. 자정이 되어 마지막까지 버티고 있던 덩치 셋이 비틀거리며 퇴장했다. 이제 남은 건 채빈과 프라이어, 그리고 석대뿐이었다.

"야, 오늘 고생했다. 너랑 네 친구 일 정말 잘하네."

"아니에요."

"이만들 퇴근해. 내일 2시까지 나오고."

석대가 자기 레고블록을 챙기며 말했다. 채빈은 자리에 가만히 서서 석대의 뒷모습을 바라보며 말을 걸었다.

"저기, 사장님."

"어, 왜?"

석대가 술에 취해 풀린 눈으로 돌아보았다. 채빈은 침을 한 번 삼키고는 자신이 이곳에 온 진짜 이유를 밝히려 입을 열었다.

"사실 저는 서울에서 온……."

덜컹.

그때였다. 불시에 문이 열리며 사내들 여럿이 노래방으로 들이닥쳤다.

그들 중 검은 정장에 모직 코트를 빼 입은 뱁새눈의 사내가 야비하게 웃으며 석대에게 다가왔다.

"아니, 영웅 형님 아니십니까. 이 시간에 어쩐 일로……."

석대가 황급히 허리를 숙여 인사했다. 뱁새눈은 유들유들하게 웃으며 다가와서는 석대의 널찍한 등짝을 다독이며 노래방을 둘러보았다.

"잘 꾸몄네, 이제 장 사장이네. 어? 장 사장."

"격려 말씀 감사합니다. 열심히 하겠습니다."

석대가 곧장 대답했다. 그러자 뱁새눈은 허리를 숙이더니 석대와 눈높이를 가지런히 맞추고 되묻는 것이었다.

"이게 격려하는 걸로 들려?"

"네?"

"에휴, 좆나 석두 석대야. 좆나게 돌대가리 석대야."

뱁새눈이 혀를 끌끌 차며 손바닥으로 석대의 양 뺨을 번갈아 찰싹찰싹 때렸다.

석대는 얼굴이 벌겋게 달아올랐지만 비굴한 웃음을 잃지 않은 채 가만히 서 있었다.

"왜, 기분 더러워?"

"아닙니다. 그럴 리가 있겠습니까."

"씨바알, 건달 생활을 10년 넘게 해서 건진 게 고작 쥐좆만 한 노래방 영업권이냐? 나라면 자살하겠다. 좆나게 좆만 한 석대야."

"하하하."

석대가 무안함을 감춰 보려고 억지웃음을 터뜨렸다. 뱁새눈은 혀를 끌끌 차며 허리를 펴고 일어서더니 석대의 뒤통수를 거듭 세차게 때리며 빈정거렸다.

"웃어? 병신 새끼. 대가리만 좆나 크면 뭐하냐. 든 게 없는데. 어? 든 게 없어요."

뱁새눈이 뒤통수를 후려칠 때마다 석대의 얼굴은 오금까지 내려갔다가 되돌아왔다.

카운터 너머에서 지켜보고 있는 채빈의 가슴 속에서는 분노가 들끓었다.

자세한 사정은 전혀 몰랐지만 어떻게 사람에게 이런 모욕을 줄 수 있단 말인가. 더럽고 치사하기 짝이 없는 행동들. 잠시나마 건달들도 사람답게 산다고 생각했던 스스로가 한심할 정도였다.

"서울로 꺼져, 어? 여긴 오바이트 쪼러 다니는 비둘기마냥 구차하게 살지 말고 서울로 꺼지라고. 인형 눈깔 붙이는 니 마누라랑 애새끼들 불쌍하지도 않냐?"

"제가 어디 돌아갈 데가 있겠습니까, 형님."

"에라이, 병신 새끼. 니 좆대로 사세요, 아주."

빠악!

뱁새눈이 마지막으로 아주 세게 석대의 뒤통수를 때리고는 돌아서서 퇴장했다.

문이 완전히 닫히고 계단 저 아래로 발소리가 멀어질 때까지 석대는 굽은 몸을 펴지 않았다.

"어이."

"네, 사장님."

채빈이 바로 대답했다. 아주 천천히 웅크렸던 몸을 펴고 선 석대가 슬픈 눈빛으로 채빈을 바라보며 말했다.

"술 한잔할까? 개업식이기도 하니까."

"알겠습니다."

채빈의 목적상 석대와는 단둘이 대화를 해야 할 필요가 있었다.

석대의 괴로운 사정을 자신의 목적에 활용할 수 있다는 생각에 스스로가 조금 싫은 기분도 들었지만, 채빈은 애써 생각을 멈추고 웃옷을 챙겨들었다.

석대가 채빈을 데려간 곳은 밤바다가 보이는 마을 어귀의 작은 포장마차였다.

채빈과 석대는 다섯 개의 테이블이 전부인 그곳 한구석에 자리를 잡고 앉았다. 프라이어는 집에 돌아간다는 핑계로 자리를 떴다가 지금은 채빈의 품속에 몸을 숨기고 있었다.

석대가 채빈의 잔에 소주를 따르며 입을 열었다.

"우리 식구 중에 넘버 투야."

"네?"

"아까 그 인간 말이야. 쪽팔린 꼴을 보였네."

"아닙니다."

채빈의 말에 석대가 피식 웃음을 터뜨렸다.

"아니기는, 나 좆나 추하지 않냐? 나이 처먹고 대가리나 처맞고 댕기고."

자학하듯 말을 마친 석대가 소주 한 잔을 단숨에 들이켰다. 채빈도 잔을 들고 씁쓸해진 가슴 속을 차가운 술로 적셨다. 바닷바람이 섞인 술맛이 어쩐지 비릿하고 쓰기만 했다.

'어떡하지.'

이제라도 본론을 먼저 말해야 할까. 아니면 정체를 좀 더 숨기고 이야기를 받아줘야 할까.

어느 쪽이든 잘 풀릴 확신이 채빈은 전혀 들지 않았다. 그런데 그때였다. 실로 공교롭게도 석대가 먼저 이야기의 첫 단

추를 풀기 시작한 것이었다.

"서울에 가족이 있어."

"아아, 네."

"내가 막둥이야. 아버지가 계시고 형님도 계시지."

거기서부터 시작이었다. 채빈은 석대의 형으로부터 들은 집안 사연을 또 한참 동안이나 석대의 입을 통해 들어야 했다.

하지만 전혀 지루하지 않았다. 석대가 떨리는 목소리로 토막을 내어 뱉어내는 말들은 한마디 한마디가 채빈의 가슴을 시큰거리게 했다.

"…그러다가 길을 잘못 들었지. 원래 주먹은 자신있었어. 내 살난 맛에 별짓 다하고 다녔지. 힉교에서 나한데 안 맞은 놈들이 없었어. 이제는 내가 만날 맞고 다니지. 만날 피투성이가 되도록 치고 다니고, 이 사람 저 사람 못살게 굴면서 그게 열심히 사는 거라고 생각했지. 할 수 있는 게 그런 거밖에 없었으니까. 씨발, 다 좆값이야."

"천천히 드세요."

채빈이 만류했지만 석대는 기어이 소주를 병째로 들이켰다.

"크으으……! 원래는 건축가가 꿈이었어. 자격증 공부도 하려고 했지. 근데, 이제 잘 안 돼. 공부해도 머리에 잘 안 들어와. 완전히 돌 됐어."

"계속 열심히 하시면 될 거예요."

"좆만 한 게 까불지 말어."

언뜻 거친 석내의 말 속에는 악의가 없었다.

수더분한 인상의 주인 할아버지가 뜨끈한 우동 국물을 새로 내왔다. 국물 속에 숟가락을 밀어 넣으며 채빈이 말을 이었다.

"올라가시면 되잖아요."

"어?"

"집에요."

"무슨 낯짝으로 돌아가. 빌어먹을……. 망할 집구석이라고 실컷 욕하고, 금의환향하겠다고 큰소리치고 나왔는데. 씨발……. 남은 건 두 칸짜리 셋방에 손바닥만 한 노래방 하나야. 그것도 월매출 중 60퍼는 상납해야 된다고. 좆같은 일이지. 아, 미안. 내가 왜 이리 혀가 길어."

"편하게 말씀하세요, 그냥. 저도 이런 얘기 좋아요. 저는 부모님이 두 분 다 안 계시거든요."

채빈의 말에 석대가 흠칫 몸을 떨더니 고개를 들었다.

"어째서?"

"어릴 때 돌아가셨어요, 교통사고로."

"이런……. 미안."

"아니요. 아무튼 그래서 사실… 사장님께서 이런 말씀하시는데 부러워요. 사정이야 어쨌든 부모님이 계시니까 이런 고민들도 하실 수 있는 거고요."

"허허."

"국물 좀 드세요."

"그래, 고맙다."

석대가 채빈이 건넨 숟가락을 받아 국물을 떴다. 정적 속에서 가느다란 바람이 날아와 포장마차의 천막을 뒤흔들었다.

"어쨌든 지금은 못 돌아가."

어느 순간 석대가 숟가락을 딱 내려놓으며 입을 뗐다.

"이제 노래방 영업권도 따냈고, 고정적인 수입이 생겼어. 마누라링 자식 놈들 먹고 살 생활비는 꼬박꼬박 줄 수 있게 됐다고."

"그래도……."

석대가 손을 내저으며 채빈의 말을 잘랐다.

"아예 못 돌아간다는 건 아냐. 틈틈이 공부도 열심히 하고 있어. 건축 자격증만 따면 당당하게 돌아갈 거야. 서울에서 취업도 하고 말이야. 이 나이에 쉽지는 않겠지만."

"네에……. 저기, 이런 질문 실롄데요. 지금 몸담으신 곳에서 빠져나오는 건 간단한가요?"

"어? 아아……. 너 막, 영화에서 본 손가락 자르고 그런 거 생각하냐? 그냥 물빠따 열몇 대 맞고 나오면 돼."

"으흠······."

"술이나 마셔. 여기 한 병 더 주세요."

술자리는 새벽 3시까지 계속되었다. 그런 끝에 채빈은 인사불성이 된 석대를 부축해서 포장마차를 나섰다.

술을 잔뜩 마셔서인지 밤바다의 거친 바람에도 그다지 추운 느낌은 들지 않았다.

"우리 집으로 가자. 어? 내 집 가서 한 잔 더해."

"무슨 술을 더 마셔요? 일단 가긴 가요. 바래다 드릴 테니까."

택시를 잡아타고 도착한 석대의 집은 낡은 빌라의 지하였다.

그리고 석대는 만취한 나머지 코까지 곯아대며 자고 있었다. 채빈은 석대를 등에 업고 계단을 내려가 초인종을 눌렀다.

"누구세요?"

"장석대 사장님 모시고 왔습니다."

"어머, 잠깐만요."

문이 벌컥 열리고 삼십대 중반의 여자가 나왔다. 그녀는 다짜고짜 채빈의 등에 업힌 석대의 등짝을 때리며 잔소리를 늘어놓았다.

"무슨 술을 이렇게나 많이 마셨어!"

"이크, 아파라. 엇, 우리 마누라……. 에헤헤."

"천치처럼 웃지 좀 마. 학생도 얼른 들어와요."

"아, 저는……."

"누군지 알아요. 아까 이 사람 전화 받았어. 노래방 알바생이죠? 사양 말고 어서요."

"그럼 실례 좀 하겠습니다."

채빈은 어색하게 집 안으로 들어섰다. 주방 겸 거실로 사용되는 좁은 공간 옆으로 문지방을 두고 작은 방 두 개가 나란히 보였다.

그중 한 방 안에서는 어린 두 아이가 이불을 걷어찬 채 쌔근거리며 잠들어 있었다.

서정적인 잠자리의 모습이 괜스레 채빈의 감성을 자극했다.

여자가 빈 방 안으로 들어가며 채빈에게 말했다.

"속 허하시면 북엇국이라도 끓여드릴까?"

"아니, 아니요. 정말 괜찮습니다, 사모님. 저 신경 쓰지 마시고 얼른 들어가셔서 주무세요."

"그럼 차라도 한 잔 해요. 일단 이부자리부터 깔고."

"제가 할게요! 제, 제가 깔겠습니다."

수더분한 여자의 호의에 채빈은 어쩔 줄을 몰랐다. 석대를 인사불성이 되도록 취하게 만든 죄로 잔소리나 한바탕 들을 줄 알았는데.

채빈은 여자가 타다 준 향긋한 유자차를 마신 다음 따뜻한 이부자리에 편하게 드러누웠다.

이불 속에서 운디네와 프라이어가 꼼지락거리며 기어 나왔다.

―형님, 어쩌실 생각이세요?

―일이 이상하게 흘러가고 있잖아요, 주인님.

'아씨, 나도 몰라. 니들도 빨리 자.'

채빈이 머리 위까지 이불을 뒤집어썼다. 이제는 정말이지 어떻게 해야 할지 대책이 서질 않았다.

어느 시점에 정체를 밝히고 석대를 설득해야 할 것인가. 채빈은 한참을 뒤척인 끝에 새벽녘이 되어서야 겨우 잠이 들었다.

"일어나."

정오가 될 무렵 석대가 채빈을 흔들어 깨웠다. 부스럭거리며 눈을 뜬 채빈은 자신이 석대의 집에서 잤음을 기억해 내고 급히 몸을 일으켰다.

"아, 죄송합니다. 제가 늦잠 잤나요."

"빨리 씻어. 밥 먹고 나가봐야지."

밥상은 이미 차려져 있었다. 석대의 부인과 아이들의 모습은 보이지 않았다. 채빈은 석대와 마주앉아 북엇국에 밥을 먹었다.

'뭐지.'

기분 나쁜 일이라도 있었는지 석대의 표정이 굳어 있었다. 식사가 끝나고 집을 나설 때까지도 석대는 꾹 다문 입을 결코 열지 않았다.

집을 나서자 칼바람이 휘몰아쳤다. 채빈은 성큼성큼 걷는 석대를 따라 해안도로를 걸었다.

밤에는 택시를 타고 와서 몰랐는데 노래방은 도보로 10분이면 갈 수 있는 가까운 위치에 자리하고 있었다.

"뭐야?"

노래방이 보이는 길목에 이르러서야 석대가 처음으로 입을 열었다.

채빈의 시선이 석대의 눈을 따라 노래방 쪽으로 향했다. 거기엔 어제 석대에게 모욕을 주었던 영욱과 건달들이 한데 뭉쳐 서 있었다.

꾸욱!

석대가 두 주먹을 눌러 쥐고 있는 것을 등 뒤에서 채빈은 똑똑히 보았다.

이어 석대는 결심한 듯한 표정으로 노래방을 향해 발길을 재촉했다.

　부하들과 대화를 나누고 있던 영욱이 기척을 느끼고 석대를 쳐다보았다.

　"어, 왔냐?"

　"네, 형님. 무슨 일이신지?"

　석대가 일말의 불길한 예감을 속으로 감추고 물었다. 영욱은 뱁새눈을 희번덕거리며 웃고는 석대의 어깨를 두드리며 말했다.

　"이 노래방 내가 관리하게 됐다."

　석대의 얼굴에서 핏기가 완전히 가셨다.

　석대는 믿을 수 없다는 듯 숨까지 거칠게 몰아쉬며 텅 빈 허공을 올려다보고 있었다.

　석대가 직접 매달은 노래방 홍보 현수막이 허공에 가로놓인 채 펄럭이고 있었다.

　"그, 그게 무슨 말씀이십니까?"

　"큰형님이 나더러 맡으라고 하시는데 별수 있냐? 그렇게 됐으니, 어? 사무실로 가봐라. 이걸로 점심이나 두둑하게 먹고."

　영욱이 10만 원 수표 한 장을 내밀었다. 석대는 그 돈을 받을 생각도 없이 조바심 어린 목소리로 다그쳐 물었다.

　"그게 무슨 말씀이세요? 이 노래방 영업권 저에게 주시기로 한 거 아닙니까? 왜 갑자기 큰형님께서 영업권을 바꿔 버리신 겁니까? 네?"

"근데 이 새끼가 어디서 눈알을 부라려……?"

영욱이 한쪽 손을 치켜들었다. 당장에라도 뺨을 날릴 기세였다.

석대는 당장에라도 눈물을 터뜨릴 것처럼 안쓰러운 표정을 하고 멍하니 서 있을 뿐이었다.

"에라이 새끼야."

석대가 뺨을 날리려던 손을 거두고 한숨을 내쉬었다.

"너 국빈관 웨이터 보래."

"웨이터요?"

"그래, 이 병신 같은 새끼야. 니가 큰형님 입장 한 번이라도 생각해 봐라. 고양이한테 생선 맡기는 격이지, 병신처럼 사람만 좋아서 있는 거 없는 거 다 퍼주는 너한테 맡기고 싶겠냐? 애당초 너한테 노래방을 맡긴다고 말했을 때부터 큰형님은 후회하고 있었던 거야. 취해서 기분 타신 거지."

"아니, 아무리 그래도……. 악!"

영욱이 석대의 정강이를 걷어찼다. 석대가 얼굴을 찡그리고 발목을 부여잡았다.

그런 석대의 뒤통수를 손바닥으로 세차게 두들기면서 영욱이 재차 차갑게 내뱉었다.

"그냥 좀 떠나랄 때 떠나야지, 어? 그 나이 처먹고 더러운 꼴 보며 살고 싶냐? 자꾸 엉기지 말고 빨리 꺼져. 너는 딱 사이즈가 웨이터야, 안 그러냐, 애들아? 그렇지?"

영욱이 자기 부하들을 돌아보며 동의를 구하듯 물었다. 부하들은 고개를 뒤로 돌리며 헛기침을 하는 척했다.

그들 모두가 자신을 비웃고 있음을 석대가 모를 리 없었다.

"……."

조금 떨어진 발치에 서 있던 채빈과 석대의 눈이 불시에 마주쳤다.

석대는 흔들리는 눈으로 채빈을 응시하고 있었다. 그사이에 영욱과 그 일당은 피우던 담배꽁초를 내던지고는 노래방 안으로 다함께 들어가 버렸다.

"사장님……."

"따라와."

석대가 방파제 쪽으로 걸음을 돌렸다. 영욱에게 맞은 다리를 절뚝이며 걷는 그의 등 뒤를 채빈이 천천히 따랐다.

"목적이 뭐야?"

등대 앞에 도착해서 멈춰 선 석대가 돌아보지도 않고 물었다.

채빈이 당혹스러워 할 말을 머뭇거리고 있는데 석대는 품에서 자신의 신상이 적힌 종이와 사진을 꺼내 들었다.

"아, 저기 그건……."

채빈이 자기도 모르게 입고 있는 웃옷의 속주머니를 만졌다.

그곳은 텅 비어 있었다. 밤에 벗어둔 사이에 석대가 꺼내갔음을 채빈은 이제야 깨닫고 있었다.

"형님이 보냈어? 아니면 아버지가 부탁한 심부름센타야?"

"둘 다 아니에요."

"둘 다 아니라니, 아가리 털지 마. 확 죽여 버린다. 어제 같이 온 그 새끼도 니 동료지?"

석대가 덤비듯이 달려와 채빈의 멱살을 움켜잡았다. 채빈은 지극히 담담한 시선으로 석대의 성이 난 얼굴을 바라보며 나직이 대답했다.

"저는 그냥 세입자예요."

"…뭐라고?"

하얀 파도가 밀려와 바위에 몸을 부딪쳐 산산이 부서졌다. 외로이 선 등대 밑에서 채빈은 자신이 이곳에 온 이유를 또박또박 모조리 설명했다.

"그래서 온 겁니다. 사장님을 모셔오면 그 집을 저에게 판다고 하셨거든요."

"으음……."

"본의 아니게 죄송합니다. 선불리 말을 꺼냈다간 화를 내

실까봐 겁이 나서 입을 다물고 있었어요."

석대가 담배를 꺼내 물고 바위에 주저앉았다. 불을 붙이고 한 모금을 피운 그는 채빈에게도 담배 한 개비를 꺼내 권했다.

채빈은 잠시 망설인 끝에 담배를 받아 입에 물었다. 이상하리만치 담배가 피우고 싶은 순간이었다.

"콜록, 콜록!"

"담배 피울 줄 몰라?"

"네, 사실……."

"아니 근데 왜 받아 피워?"

"그냥 좀 피워보고 싶었어요."

"이놈도 진짜 사는 게 막무가내네."

석대가 헛웃음을 터뜨렸다. 이제 그의 표정에 노기는 한 점도 남아 있지 않았다.

"네 부모님에 대해서 했던 얘기도 거짓말이지?"

"진짠데요."

"근데 어디서 그런 돈이 났어? 그 집 10억은 할걸?"

"유산이죠."

"아아, 유산……. 그 집이 그렇게 사고 싶냐?"

흐린 수평선 너머를 바라보며 채빈이 희미하게 웃었다.

"옛날에 부모님과 함께 살았던 집이랑 전경이 비슷하거든요. 그래서 그냥 정들었어요. 그런 거 있잖아요. 명확히 설명

할 순 없지만 반드시 갖고 싶고 그냥……."

"그래, 그럴 수 있지. 근데 진짜 대단하다. 나를 찾아올 정도로 그 집을 갖고 싶다는 게."

거기까지 말하고 난 석대는 입을 다물었다. 그는 양 무릎을 세우고 그 사이에 얼굴을 들이박은 채 오래도록 침묵했다.

채빈은 재촉하지 않고 조용히 그 옆에 서서 석대의 반응을 기다리고 있었다.

"도망치는 건 아닐까?"

석대는 언제 챙겼는지 주머니에서 팩소주를 꺼내 빨대를 꽂으며 말을 잇고 있었다.

"이렇게 올라가는 거 말이야. 살길이 막막해져서 집으로 되돌아가는 건 집을 나올 때와 똑같잖아."

"그런 식으로 비교하시면 안 돼요. 집에는 가족이 있잖아요."

"그런가."

석대는 채빈의 말에 동의하는 눈빛으로 등대 꼭대기를 올려다보았다.

아마도 아내와 두 아이를 생각하고 있겠거니 하고, 채빈은 속으로 생각했다.

이제 막 두 뺨을 타고 흘러내리기 시작한 석대의 눈물을 알 수 있을 것 같았다.

여기까지 끌려와서 갖은 고생을 하고 있는 아내와 아이에게 죄스러움을 느끼고 있는 것이리라.

"올라가면 뭐하지."

"마음만 먹으면 할 일이 없겠어요?"

"…솔직히 고민하는 중이었어. 나는 괜찮지만 아내랑 자식 새끼들이 너무 가엾어서. 네가 이렇게 나타나지 않았어도 조만간 올라갔을지도 몰라. 제길, 시험부터 합격한 다음 올라갈 생각이었는데."

말을 마친 석대가 끙, 소리를 내며 일어섰다. 그는 팩소주 윗부분을 찢어 단숨에 마셔버리고는 온 길을 되밟아 걷기 시작했다.

"어디 가세요?"

"노래방."

"거긴 아까 그 사람이……."

"사직서 내려가는 거야, 짜샤."

노래방으로 직행한 석대는 채빈을 건너편 길가에 세워두고 자기 혼자 올라갔다.

채빈은 안심이 되지 않았지만 딱히 따라 올라갈 명분도 없었기에 가만히 기다리기로 했다.

"뭐야? 안 갔어?"

카운터에 다리를 올리고 앉아 있던 영욱이 들어온 석대를 보고 물었다. 석대는 딱딱한 얼굴로 다가가 서서 짤막하게 말했다.

"떠나겠습니다."

"아, 그래?"

"네, 영욱 형님도 계속 말씀하셨고. 내일 당장 떠나겠습니다."

"그래, 잘 생각했어. 그래야지……."

영욱이 킬킬거리며 고개를 끄덕였다. 그는 조금 술을 마신 듯 얼굴이 달아오른 채였다. 가늘게 뜬 뱁새눈 위로 짓궂은 기색이 떠오르고 있었다.

"근데, 유종의 미는 거둬야지? 아무리 우리가 좆만 한 동네 깡패라고 해도 쟁실 선 챙겨야시."

"물빠따라면 얼마든지 맞겠습니다."

"얼마든지는 아니고……. 열 대만 맞어."

"네, 언제 맞을까요?"

석대가 망설이는 기색 없이 바로바로 대답했다. 그 자신만만한 태도가 오히려 맘에 안 들었던 영욱이 이맛살을 찌푸리며 몸을 살짝 일으켰다.

"언제 맞는 건 중요한 게 아냐."

"네?"

"네 마누라랑 자식새끼들 불러와. 가족들이 보는 앞에서

집 225

맞아야 돼. 그래야 우리 식구들 위신이 서지."

"……!"

석대의 다물어진 입 속에서 위아래 이가 빠드득 갈렸다. 영욱이 손가락을 들어 그런 석대의 이마를 쿡쿡 찔러댔다.

"왜, 기분 좆같아? 표정 봐라, 좆나 빡치냐? 꼬우면 말해 봐, 이 좆나게 돌대가리 석대야. 어디 한 번……!"

덥석!

석대의 우악스런 손이 영욱의 팔목을 움켜잡았다. 웃음을 잃고 창백해진 안색의 영욱을 노려보며 석대가 씹어 뱉듯이 말했다.

"말조심해라, 이 씨발놈아."

"뭐, 뭐, 뭐? 씨, 씨발… 놈?"

"그래, 이 씨발놈아. 나보다 나이도 세 살이나 어린 게. 나 지금 사표 냈어. 좆같은 물빠따도 안 맞고 나간다. 큰형님인지 나발인지한테는 니가 대신 나 간다고 전해라."

퍼어억!

"꾸에에에엑!"

배를 맞은 영욱이 신물을 토해내며 무릎을 꿇었다. 그 소란에 노래방 안에 있던 영욱의 부하들이 한꺼번에 튀어나왔다.

영욱이 추한 몰골로 돌아보며 소리쳤다.

"이 엿 같은 새끼 잡아! 조져!"

건장한 사내 대여섯 명이 한꺼번에 달려들었다.

석대는 온힘을 다해 맞섰지만 도리가 없었다. 석대는 얼마 지나지도 않아 피투성이가 되어 허수아비처럼 양팔을 붙잡히고 섰다.

"이 씨발놈이, 아까 다 지껄였지! 좆같은 새끼. 감히 나를 쳐? 내가 입원하면 니 마누라가 1년 내내 몸 팔아도 모자라! 알아!"

영욱은 붙잡힌 석대를 얼굴, 가슴, 배 구분하지 않고 마구 때렸다.

수십 대를 얻어맞은 석대는 정신이 혼미해지면서 슬슬 기절할 기미를 보이고 있었다. 그제야 영욱은 부하들에게 놓아주라고 닝링했다.

"아오, 개새끼! 마음 같아선 벌거벗겨서 마을회관 국기 게양대에 걸어놓고 싶은데 바빠서 참는다. 에라이, 망할 새끼. 캬아악! 퉤엣! 내보내!"

영욱의 부하들이 석대를 질질 끌듯이 부축해서 노래방 밖으로 끌고 나갔다.

계단을 내려가면서 부하들이 안타까운 목소리로 한마디씩 해댔다.

"이게 서로 무슨 꼴입니까, 석대 형님."

"어쨌든 잘되신 겁니다. 형수님 모시고 얼른 서울 올라가

십쇼. 이 동네는 다시 오지 마시구요."

"으으……. 놔."

입구 앞까지 나온 석대가 손을 뿌리치고 혼자 나섰다.

영욱의 부하들은 혀를 차며 잠시 지켜보다가 돌아서서 노래방으로 올라가 버렸다.

그 대신 건너편에서 기다리고 있었던 채빈이 달려왔다.

"사장님, 괜찮으세요?"

채빈이 물었다. 사실 2층의 사정은 프라이어의 정찰을 통해 다 알고 있었다. 끼어들려는 차에 영욱의 린치가 끝나서 그나마 다행이었다.

"씨발, 목소리 낮춰라. 쪽팔려 죽겠다."

"괜찮으세요? 어떻게 된 거예요?"

"뭘 어떻게 돼. 물빠따 맞은 거지."

"이게 물빠따라고요? 엉덩이에 물 끼얹고 야구방망이로 때리는 게 물빠따 아니에요?"

"흐흐흐……. 뭐면 어때. 유종의 미 끝내주게 거뒀는데. 난 오히려 후련해. 완전히 액땜을 한 거 같아."

"그래요. 수고하셨어요, 사장님."

"수고는 개뿔……. 흐흐흐."

웃음 끝에 석대가 울기 시작했다.

채빈은 손수건을 꺼내 석대의 얼굴을 덮어주었다.

점점 커지는 석대의 흐느낌을 들으며 채빈은 속으로 프라이어를 불렀다.

'프라이어, 내가 무슨 말을 하고 싶은지 알지?'

―네, 형님.

'그냥은 못가겠다. 그 새끼가 말한 그대로 되돌려 줬으면 좋겠는데.'

―맡겨주십시오.

다음 날 아침.

출근하던 한 주민은 마을회관 앞 국기 게양대 꼭대기에 거꾸로 매달려 있는 한 남자를 발견했다.

남자는 완전히 벌거벗은 채였고 온몸에 타박상을 입은 데다 지체온 증세까지 있었다.

게다가 머리부터 발끝까지 온통 오물로 범벅이 되어 있었다.

마을회관 앞의 CCTV에는 네 명의 흑인이 이 남자의 옷을 벗기고 게양대에 거꾸로 매달은 다음 얼굴에 오줌을 갈기는 모습이 찍혀 있었다.

경찰들은 사방을 휘저으며 수색했지만 범인은 끝내 잡을 수 없었다.

부자 상봉은 그다지 극적이지 않았다.

석대는 아내와 아이들을 등 뒤에 세운 채 가만히 고개를 숙이고 서 있었다.

　여든이 넘은 연로한 그의 아버지 역시 우두커니 서서 막내아들과 그의 가족들을 어루만지듯 번갈아 바라볼 뿐이었다.

"자네······."

한참 만에 노인이 입을 열며 부른 대상은 자신의 막내아들이 아닌 채빈이었다. 대문가에 멍하니 서 있던 채빈은 화들짝 고개를 들고 대답했다.

"네, 어르신."

"자네 얘기부터 해야지. 집을 사고 싶다고 했지?"

"그렇습니다."

"언제 살 건가?"

"그게··· 지금 말씀드릴 부분은 아니지만 가격 얘기도 해야 하고 또······."

"7억에 가져가게."

"네에?"

채빈이 예상한 금액에서 무려 절반이나 깎였다. 당연히 기뻤지만 한편으로는 노인이 무리하는 것이 아닌가 해서 걱정도 들었다.

"좋아하지 말게. 특별히 싸게 주는 것도 아니야. 땅값만 대충 받을 생각이니까."

"아, 네······. 네, 정말 감사합니다."

"언제 가져갈 건가?"

"사실 지금 사려면 돈이 약간 부족해서 대출을 받아야 합니다. 그러니까 조금만 기다려 주시면……"

노인이 손을 휘휘 내저으며 채빈의 말을 자르고 말했다.

"대출을 받든 말든 알아서 해. 올해고 내년이고 돈이 만들어지는 대로 와도 괜찮아. 그때 바로 팔아줄 테니까. 혹여라도 걱정은 말게. 난 한 번 한 약속은 절대로 지키니까. 급할 거 없단 말일세."

"아아, 정말 감사합니다."

"그리고 그때까지 집세는 안 내도 돼. 그냥 살아."

"네에?! 정말요?"

"알아들었으면 이만 돌아가게. 난 가족들과 쌓인 얘기를 좀 해야 하니."

말을 마친 노인이 뒷짐을 진 채 집 쪽으로 돌아섰다.

이어서 큰아들이 채빈에게 살짝 손을 들어 보인 뒤 따라 들어섰다.

다만 석대는 아직도 그 자리에 남아 채빈을 바라보고 있었다.

소리 없이 벌어지는 석대의 입모양을 채빈은 또렷하게 읽을 수 있었다.

'고맙긴요, 무슨. 제가 고맙죠.'

채빈은 석대에게 고개를 숙여 보이고 돌아섰다.

화창한 햇살을 맞으며 언덕을 내려가는데 저절로 콧노래가 흘러나왔다.

"여러 모로 느낀 게 많은 여행이었어. 나이를 세 살은 더 먹은 것 같아. 야, 뻘소리긴 한데 이것도 어떻게 보면 완전 퀘스트 같다. 마왕성 규칙에 익숙해져서 그런가."

"어쨌든 이제 집 문제도 해결된 거네요? 까짓 7억, 이 운디네가 열심히 방송해 볼게요."

"저도 몸을 바쳐 작업장 일에 집중하겠습니다, 형님."

"야, 그것보다 나는 월세를 면제받은 게 왜 이렇게 기분이 좋지? 하하하! 기분인데 돈 굳은 걸로 운디네 옷이나 사줄까?"

"좋아요! 운디네 신상 너무 좋아요! 귀여운 짓 할게요!"

막혀 있던 가슴이 뻥 뚫린 기분이었다. 이제 마왕성을 끌어안은 보금자리를 확실하게 손에 넣었다. 앞으로 무슨 어려움이 닥치더라도 전혀 두려울 게 없을 것 같은 느낌이었다.

같은 시각, 전운이 감돌고 있는 로쿨룸 대륙과는 하등 관계없이 채빈이 사는 지구는 너무나도 평온한 하루가 이어지고 있었다.

제7장
폭격

이계
마왕성

로쿨룸 대륙.

"히이익! 사, 살려주세……. 꺼억!"

헤페룬 왕국의 어느 한 마을이었다.

아침까지만 해도 여느 때처럼 평화로웠던 마을은 정오가 되기도 전에 지옥으로 변해 버리고 말았다.

마을 전역이 불바다로 뒤덮인 가운데 사람들의 절규가 연거푸 잿빛 하늘을 울리고 있었다.

"끄아아악!"

지옥의 망자들이 사방에서 물밀듯이 밀려들고 있었다.

한 번 삶을 놓고 흙속에 파묻혔다가 어둠의 마법으로 되살아난 저주의 존재들, 구울이었다.

구울들로 구성된 언데드 부대는 부패된 살갗을 실룩이고 뒤틀린 사지를 버둥거리며 마을을 쑥대밭으로 만들었다.

사람이고 가축이고 보이는 모든 것을 닥치는 대로 공격했다. 마을 곳곳에 시체가 피비린내를 풍기며 수북하게 쌓여가고 있었다.

"이 악마들! 지옥으로 돌아가라!"

전쟁에 정신이 팔린 왕국 정예병의 도움을 바랄 수는 없었다. 세금을 징수하는 시기를 제외하면 왕국군은 코빼기도 보인 일이 없었다.

때문에 마을의 싸울 수 있는 남자들은 직접 민병대를 급조해서 괴물들과 맞섰다.

마법을 배운 자는 마법으로 맞섰다.

검술을 배운 자는 먼지 쌓인 검을 꺼내 들고 맞섰다.

그러나 대부분은 농사일을 천직으로 삼은 평범한 농군들이었다.

그들은 어제까지만 해도 생계를 위해 사용했던 농기구를 들고 언데드들과 맞서 무기를 휘둘렀다.

찌이이익!

"으아아악! 내, 내 팔!"

"여보! 꺄아아악!"

애당초 상대가 되지 않는 싸움이었다.

한낱 농군들이 구울의 괴력을 당해낼 수 있을 리 없었다. 목숨을 걸고 덤벼들었지만 결과는 처참했다.

핏물로 땅을 질펀하게 적시며 고꾸라지는 쪽의 태반이 농군들이었다.

사람들의 시체로 탑을 쌓은 마을에 구울들은 불을 질렀다.

불길은 시체를 집어 삼키고 한층 격렬하게 타올랐다. 하늘을 뚫을 기세로 솟구친 불길에서 시체 타는 냄새가 진동했다.

"아버지! 어머니! 아아아아악!"

부모를 구하려 불길로 뛰어들던 사내가 자신의 몸에도 불이 붙어 바닥을 뒹굴었다.

사내는 이 마을의 마지막 생존자였다. 구울들은 불에 타 죽어가는 사내를 빙 둘러싸고 누런 타액을 흘려대며 낄낄거렸다.

털썩!

이윽고 사내의 발악이 멎었다.

새카맣게 타들어 간 그의 몸 위에서 아직도 불길이 그치지 않고 있었다.

비로소 구울들은 공격을 멈추고 한자리에 모이더니 서둘러 마을을 떴다. 하루아침에 쑥대밭이 되어버린 마을에 살아 있는 것이라고는 하나도 없었다.

그와 같은 시각.

"뭐야! 이 괴물들은! 도리아! 도리아는 어디 있어!"

다른 마을들도 언데드 부대의 공격을 받고 있었다.

왕국의 대공 고르게우스의 영지 내 수많은 마을들이 동시 다발적으로 습격을 당하고 있었던 것이다.

고된 하루하루를 살아가던 선량한 사람들이 언데드들의 느닷없는 공격으로 목숨을 잃어가고 있었다.

몇 시간이 지나지 못해 대공의 영지 내 마을 절반 이상이 괴멸되었다.

아예 지도에서 흔적조차 사라져 버렸다고 봐도 무방할 만큼 철저히 짓밟혀 버린 것이다.

"이제 이곳만 공격하면 끝입니다."

"그래."

부하의 보고에 은발의 여자가 고개를 끄덕였다.

여자는 검은 망토로 늘씬한 체구를 휘감고 벼랑 끝에 서 있었다.

딛고 선 벼랑의 까마득한 발치 아래로는 작고 평화로워 보이는 마을이 펼쳐져 있었다. 영지 동부에 위치한 목축업자들의 마을, 리우룸이었다.

여자는 풀어 헤쳐진 은색 머리칼만큼이나 차가운 두 눈으로 리우룸을 굽어보았다.

그녀의 동공 속에 이제 곧 지옥으로 뒤바뀔 풍경이 아로새겨져 있었다. 슬며시 쾌감이 밀려들었고 그녀는 입가에 한 줄기 미소를 지었다.

한땐 왕국을 수호하는 위대한 드래곤이자 대공이었던 여자.

뼈저린 배신을 당한 나머지 절망의 나락에서 오랜 세월을 허우적거려야 했던 여자.

이제는 로이드 모빅과 손을 잡고 수치스러운 본 드래곤의 이름으로나마 증오의 날개를 펼친 여자.

그녀의 이름은 루이제였다.

"쓸어버려."

루이제의 명령이 떨어졌다.

부하가 부유 마법의 힘을 빌려 어렵지 않게 벼랑 아래로 내려갔다.

그러고는 적당한 둔덕에 마법진을 그린 다음 주문을 외웠다.

마법진이 빛을 폭발시키면서 구울들을 줄줄이 토해내기 시작했다.

"모조리 짓뭉개 버려. 하고 싶은 대로 해."

"구어어어어……!"

명령을 받은 구울들이 앞다투어 마을로 짓쳐 들어갔다.

누군가가 터뜨린 외마디 비명을 시작으로 마을의 한 농가에서 불길이 펑, 하고 솟구쳤다. 루이제는 편안한 자세로 벼랑 끝에 걸터앉아 아수라장이 되어가는 마을을 구경하고 있었다.

"어서 들어가! 빨리!"

리우룸 한 농가의 내부.

갑옷으로 무장한 중년의 사내가 두 딸을 피신시키고 있었다. 주방 선반 밑으로 만들어 둔 좁은 은신처였다.

사내는 열 살이 채 되지 않은 두 딸을 그 밀실에 차례대로 밀어 넣었다.

"숨소리도 내지 말고 가만히 숨어 있어, 알았지? 무슨 일이 있더라도 절대로 나오면 안 돼."

"아빠는 어디 가? 아빠도 들어와."

"아빠는 잠깐 바깥 좀 살피고 와야 돼. 금방 올 테니까 걱정하지 말고."

"가지 마! 아빠 싸우러 가는 거잖아! 가지 마!"

"으아아아앙!"

두 딸이 동시에 울음을 터뜨렸다. 사내는 두 딸을 넓은 가슴으로 힘껏 끌어안으며 달래듯이 말을 이었다.

"라티아, 트리아. 아빠 말 잘 듣는 착한 딸들이지? 제발 소리 내서 울지 마라. 아빠의 부탁이다. 빨리 돌아올 테니까 제발 조용히 숨어 있어. 더 말할 시간도 없어."

"정말… 빨리 돌아올 거야?"

"당연하지. 아빠가 거짓말하는 거 본 적 있어?"

"어제도 술 마셨잖아. 엘리아 선생님한테는 술 안 마시겠다고 약속해 놓고는."

"이번엔 정말이야. 엘리아 선생님과 약속은 어겨도 사랑하는 두 딸과의 약속은 반드시 지킨다. 자, 약속. 어서!"

사내가 손가락을 내밀었다.

두 딸은 고사리처럼 작은 손가락을 차례대로 걸고는 사내의 양 뺨에 입을 맞췄다.

사내는 두 딸을 숨긴 밀실의 입구를 닫은 다음 선반을 본래대로 되돌려놓고 일어섰다. 어느새 그의 두 손은 큼지막한 투핸디드 소드를 쥐고 있었다.

사내의 이름은 마티오스.

본래 왕실 기사단 소속이었으나 계속되는 제후들의 내분과 전쟁에 환멸을 느껴 6년 전 은퇴한 터였다. 그 뒤로 이 마을에 정착한 그는 전염병으로 세상을 뜬 아내 없이 홀로 두 딸을 키우며 살아가고 있었다.

"내 검이 이렇게 무거웠나."

6년 만에 대검을 쥐어들며 마티오스는 쓸쓸히 웃었다. 수많은 전장을 그와 함께 헤쳐 온 대검이었다.

녹슬지 않은 칼날 위로 마티오스의 결연한 얼굴이 빛나고 있었다.

"이런, 투구도 써야지."

마티오스가 탁자 위에 놓아 둔 투구를 들어 머리에 썼다.

준비를 마친 그는 문으로 향하다가 두 딸을 숨긴 선반 밑에 잠시 시선을 주었다. 커다란 심호흡으로 가슴을 부풀리자 갑옷이 얽히며 '철컹' 하고 쇳소리를 일으켰다.

덜컹!

마티오스가 문을 박차고 나섰다.

그가 일구는 감자밭 너머에서 이웃이자 지기인 톰슨의 농가가 불타오르고 있었다. 마티오스는 대검을 어깨 위로 쳐들고 밭을 가로질러 내달렸다.

"구어어어어어!"

마티오스를 발견한 구울들이 곳곳에서 달려들었다.

투구 속에서 마티오스의 두 눈이 예리하게 빛났다. 그는 침착하게 적들의 움직임 속에서 빈틈을 찾았다.

빠캉!

투핸디드 소드가 눈앞에 달려들던 구울의 골통을 빠개 버렸다. 구울은 비명도 채 지르지 못하고 뇌수를 튕기며 쓰러져 죽었다.

마티오스는 대검을 휘둘러 묻은 오물을 털어내고 다음 표적을 향해 몸을 날렸다.

퍼억!

"꾸에에에엑!"

빠지직!

"구어어어어어어!"

현역 시절과 견주어 마티오스의 실력은 전혀 녹슬지 않았다. 무거운 갑옷을 입었음에도 불구하고 그의 움직임에는 거침이 없었다.

밀실에 숨어 떨고 있는 두 딸이 그간 노쇠해진 그의 육체에 활력을 불어넣고 있었다.

"한 번 죽었으면 끝인 거야! 얌전히 내 감자밭의 거름이나 되어 달라고!"

빠가가가각!

마티오스는 물 흐르듯 움직이며 구울들을 도륙했다. 그가 지나간 밭 위로 구울들의 시체가 즐비하게 이어졌다.

이제 마을을 습격한 구울들의 관심은 모조리 마티오스에게로 쏠리고 있었다.

"그래, 다 몰려와! 전부 내게로 와! 번거롭게 하나씩 찾아다닐 필요도 없겠네!"

마티오스는 자신의 감자밭을 무대로 삼아 밀려드는 구울들을 베고 부수고 쓰러뜨렸다. 그야말로 일기당천이었다.

마티오스의 힘은 단순한 검술이 아니었다. 마나가 실린 그의 투핸디드 소드는 푸른 검기를 일으키고 있었다.

"저기 있다! 마티오스 아저씨!"

서쪽 목장 쪽에서 고함이 울렸다. 마티오스는 싸우고 있던 구울의 어깻죽지를 칼자루로 찍어 빠개고는 급히 그쪽을 돌아보았다.

한 무리의 청년들이 농기구를 쳐들고 달려오는 중이었다.

"야, 니들 도망쳐야지 뭐하는 거야!"

"우리도 싸울 겁니다!"

"이 멍청한 방앗간 베이커 놈아! 맡긴 반죽이나 빵으로 잘 구워와! 헛소리하지 말고 빨리 도망치라고!"

"무슨 말씀을 하셔도 안 가요! 마티오스 아저씨보다 우리가 이 마을에 더 오래 살았어요! 여긴 우리 고향이라고요!"

베이커를 위시한 청년들은 결코 물러서지 않았다. 그들은 구울들의 콧잔등을 향해 무기를 겨누고 마티오스와 나란히 섰다.

"망할 녀석들. 최대한 몸을 사려. 무모하게 덤비지 말고 다치면 바로바로 도망가야 한다."

"네, 아저씨. 걱정하지 마세요."

마티오스는 고개를 설레설레 저으며 웃고 말았다. 근심이 들면서도 한편으로는 얼마간 마음이 든든해졌다.

혼자서 구울들과 맞서야 한다는 부담감이 사라졌다.

"이야아아아아아!"

마티오스와 청년 민병대는 용기백배 한 덩어리가 되어 구울들에게 덤벼들었다. 사랑하는 가족과 마을을 지키려는 그들의 의지는 강했다.

기세 좋게 쳐들어왔던 구울들은 마티오스를 앞세운 민병대의 반격에 슬슬 밀리기 시작했다.

"웬 놈이지?"

벼랑 위에서 지켜보고 있던 루이제가 중얼거렸다. 위저드 아이 마법이 발현된 그녀의 두 눈은 미티오스를 코앞까지 끌어당겨 관찰하고 있었다.

마티오스는 푸른 검기를 내뿜는 대검을 휘두르며 지칠 줄 모르고 싸우는 중이었다.

"분출되는 마나의 수준은 최소 5서클……. 이런 마을에 저런 성기사가 있었을 줄이야……. 아니?"

돌연 루이제가 한쪽 눈을 게슴츠레 떴다. 갑옷도 무기도 어쩐지 낯이 익었다. 양쪽 광대를 떨며 지켜보던 루이제는 비로소 완전히 상대의 정체를 기억해내고 벌떡 일어섰다.

부우우웅!

루이제가 기다란 망토를 펄럭이며 벼랑 위에서 몸을 날렸다.

그녀는 허공을 가르고 나아가 단숨에 마을로 진입했다.

"멈춰!"

밭머리에 내려앉으며 루이제가 소리쳤다. 즉각 구울들이 싸우던 도중 몸을 멈추고 뒤로 물러났다.

마티오스와 청년 민병대는 갑작스럽게 멈춘 싸움을 앞에 두고 어안이 벙벙해졌다.

"마티오스."

루이제의 부름에 마티오스가 투구의 기동식 바이저를 들어 올렸다.

탁 트인 시야 한가운데로 루이제가 다가들고 있었다. 이내 마티오스의 입이 함지박처럼 크게 벌어졌다.

"루이제……?"

"오랜만이야. 그 전쟁 이후로 처음이니 15년 만이지? 이런 데서 이렇게 만날 줄은 전혀 몰랐어."

"이게… 이게 어떻게 된 일이지?"

"어디서부터 어떻게 설명해야 할지 모르겠네."

"역시 제국의 편에 선 건가? 왕국을 배반하고 몸을 숨기더니 기어이 이런 악마가 되었나?"

"뭐라고? 제국? 배반?"

루이제가 하늘을 우러러 앙칼진 웃음을 터뜨렸다.
마티오스는 경직된 자세로 입을 꾹 다문 채 그런 루이제를 바라보고 있었다.
루이제는 눈물까지 흘릴 정도로 한참을 웃다가 비로소 멈추고 마티오스를 직시했다.
"잘못 짚어도 한참을 잘못 짚었어."
"잘못 짚었다고?"
"시간이 촉박하지만 그대의 질문에 대답부터 해드리지. 나는 제국 소속이 아니야. 그리고 나는 왕국을 배반하지도 않았어. 오히려 배반을 한 건 왕국 쪽이야."
"설득력이 전혀 없어. 언데드들을 앞세워 마을을 공격한 당신의 입에서 나오는 말들은."
"믿고 말고는 그대의 자유야. 하지만……."
루이제가 한 팔을 들어 손가락 끝으로 마티오스를 가리켰다.
"일단 그대는 나와 함께 가줘야겠어."
"함께?"
"나를 도와줘야 해, 예전 그때처럼. 나의 기사였던 마티오스를 되찾아야겠어."
"무슨 궤변인지 모르겠군."
마티오스가 차갑게 웃으며 밭고랑에 침을 퉤, 뱉었다.

"웃기는 소리하지 마. 내가 있어야 할 곳은 이 마을이야."
"아니, 내 곁이 그대의 자리야."
"무슨 일인지 설명부터 해봐."
"우선 나와 함께 가."
"싫다면?"
"억지로라도 데려가겠어."
"어디 한 번 해보시지."

말은 그렇게 했지만 마티오스는 목이 메어왔다.

"그대가 아무리 강한 성기사라고 해도 인간. 이 루이제의 힘을 이길 순 없어. 그대가 모를 리 없잖아, 마티오스."

꾸욱!

대검을 쥔 마티오스의 두 손에 힘이 가득 들어갔다.

루이제의 말이 결코 허세가 아니라는 걸 그의 기사였던 마티오스가 누구보다도 잘 알고 있었다.

상대는 인간이 아닌 드래곤이었다. 맞붙었다가는 몇 초를 버티지 못하고 죽게 될 것이다.

"마티오스 아저씨……!"

창백해진 마티오스의 안색을 읽은 청년들 사이에 불안함이 감돌고 있었다.

마티오스는 그들을 용기를 북돋아주려 태연한 척 웃어보이고는 대검을 치켜들었다.

"부탁이야, 마티오스. 얌전히 따라와."

루이제가 안타까운 표정으로 고개를 설레설레 내저었다.

"지금의 나는 드래곤으로서의 명예를 거의 잃어버린 상태야. 이제 내가 남은 건 뼈다귀뿐인 죽음의 힘이라구."

"……."

"그대 앞에서 내 추악한 모습을 드러내고 싶지 않아."

마티오스는 가만히 주위를 둘러보았다. 겁에 질린 청년들의 얼굴과 정든 마을의 전경이 차례차례 그의 눈 위를 스쳐가고 있었다. 이 모든 풍경이 마티오스의 마음을 흔들리게 만들고 있었다.

"무조건 따라가야 하나?"

"그래."

마티오스가 고개를 떨어뜨렸다.

더는 방법이 없었다. 상대가 오로지 구울 뿐이었다면 수만 마리가 몰려왔어도 끝까지 싸웠을 것이다.

하지만 지금 이 순간, 마티오스는 루이제 앞에서 현명한 판단을 내려야만 했다.

마을을 지키기 위해서, 집에 숨어 있는 두 딸을 살리기 위해서라도 그는 올바른 결정을 해야만 했다.

"그렇게 하겠다."

"마, 마티오스 아저씨!"

마티오스의 말에 주위의 청년들은 얼굴이 새하얗게 질렸다. 마티오스는 웅성임에 개의치 않고 대검 끝을 땅에 박으며 말을 이었다.

"다만 조건이 있다."

"조건?"

"이 마을은 더 이상 공격하지 마. 해줄 수 있겠지?"

"물론이야. 자, 어서 이리 와."

루이제가 웃으며 손짓했다. 마티오스는 비통하게 고개를 떨어뜨린 채 천천히 걸음을 내딛었다.

등 뒤에서 청년들이 연거푸 자신을 부르고 있었지만 그는 결코 돌아볼 수 없었다.

"저기, 마티오스."

코앞까지 다가온 마티오스의 손을 맞잡으며 루이제가 넌지시 말했다.

고개를 든 마티오스와 시선을 맞춘 채 그녀는 속삭이듯 말을 이었다.

"확실히 해두지. 그대에게 거짓말쟁이로 기억되고 싶진 않으니까."

"…무슨 얘기지?"

마티오스가 그렇게 되물은 순간이었다.

"아아아아아악!"

등 뒤에서 비명 소리가 터졌다.

마티오스가 돌아보니 구울들이 청년들을 향해 공격을 재개한 참이었다. 한쪽 팔이 떨어진 베이커가 핏물을 왈칵 뿜으며 절규하고 있었다.

"베, 베이커! 으윽!"

마티오스는 움직일 수 없었다. 어느새 루이제의 강력한 홀드 마법이 목 아래로 마티오스의 전신을 완전히 묶고 있었던 것이다.

"더 이상 공격하지 않겠다고 했잖아! 약속이 틀려!"

"내 재량으로 마을은 남겨두지. 하지만 주민들은 전멸시켜야 해."

"그, 그게 무슨 소리야! 사람들을 다 죽이겠다니!"

"미안해. 이 마을에서의 삶은 완전히 잊어 버려."

"안 돼! 루이제! 제발 이러지 마! 루이제!"

루이제가 마티오스를 한 손으로 가볍게 들고 허공으로 떠올랐다.

마티오스는 독수리의 손아귀에 잡힌 어린 양처럼 무기력하게 끌려가면서 지옥으로 변하는 마을을 내려다볼 수밖에 없었다.

"안 돼! 제발 놔줘! 루이제! 루이제! 이러지 마! 공격을 멈추게 하라고! 제발 부탁이야! 이 미친년아! 제발 좀!"

폭격 251

마티오스의 두 눈이 젖어들었다. 눈앞의 모든 것이 희뿌옇게 뭉개지고 있었다.

그 시야 한가운데로 목숨보다도 사랑하는 두 딸의 얼굴이 떠올랐다.

'맙소사……. 라티아! 트리아! 절대로 나와선 안 돼!'

마티오스는 차마 두 딸의 이름을 부르짖을 수도 없었다. 제발 무사하기를 속으로 간절히 기도하는 것 외에 가능한 일은 전혀 없었다.

그러던 어느 순간 마티오스는 정신을 잃고 깊은 잠에 빠져들었다.

"한숨 푹 주무시지, 나의 기사여."

쿠우우우웅!

마티오스가 잠이 들자마자 루이제의 몸이 변화를 일으켰다. 살갗이 떨어져 나가면서 전신이 팽창되기 시작했다.

마티오스를 잡은 손 역시 부풀어 올라 거대한 드래곤의 앞발로 변하고 있었다.

산등성이를 넘어갈 즈음 보이는 건 한 마리의 거대한 본 드래곤뿐이었다.

그로부터 이틀 뒤.

약 5,000명의 대군이 줄을 지어 카네레츠 협곡으로 향하고 있었다. 대열 중간의 마차에는 고르게우스 대공을 제외한 네 명의 제후들이 몸을 싣고 있었다.

그들은 로이드와의 담합을 위해 벌써 하루 내내 먼 길을 진군하고 있었던 것이다.

제후들의 심정은 착잡했다. 가뜩이나 제국군과의 전쟁으로 빠듯한 시기였다. 이런 와중에 그들이 모시는 고르게우스 대공의 영지 내 수많은 마을이 잿더미로 변해 버린 것이었다.

어쨌든 그 이후 로이드라는 자는 고르게우스 대공에게 담합 요청서를 보내왔다.

―대공의 영지를 공격한 것은 바로 나요. 더 이상 피해를 입고 싶지 않다면 카네레츠 협곡 통곡의 분지로 만나러 와주기를 바라오. 대공은 물론이고 아래 네 명의 제후도 함께. 드로제의 용광로에 관해 대화를 나누고 싶소. 기다리고 있겠소. 두려워할 필요는 없소. 카네레츠 협곡이니까.

"빌어먹을 자식!"

제후 중 하나가 욕설을 퍼부으며 종이를 북북 찢었다. 정작 당사자인 고르게우스 대공은 이런저런 핑계를 대고 불참한 상황이었다.

제후들은 화가 났지만 대공의 위세에 짓눌려 입 한 번 뻥긋

하지 못하고 내키지 않은 행차를 한 것이다.

문득 차창 밖을 보니 어느새 행렬은 산길로 접어들고 있었다. 카네레츠 협곡이 지척까지 다다르고 있었다.

"괜찮을까요? 영지 내 주둔군을 총동원하긴 했지만······."

턱이 긴 제후가 걱정스런 얼굴로 물었다. 마주 앉은 뚱뚱한 체격의 제후는 얼굴이 잔뜩 일그러진 와중에도 음험하게 웃으며 대답했다.

"걱정 놓으시오. 건방진 녀석. 무슨 꿍꿍이가 있어 담합 장소를 카네레츠 협곡으로 정했는지는 모르겠지만 그게 결국 그놈 스스로를 묶은 거요. 대마법사고 나발이고 간에 아무 상관도 없소."

제후가 활짝 편 자신의 가슴을 치며 자신만만하게 말했다. 자신이 모시고 있는 고르게우스 대공만큼이나 그 역시 겁 많고 소심하고 음흉한 성격을 갖고 있었다.

그런 그가 그나마 용기를 쥐어짜 이곳에 올 수 있었던 것은 약속 장소가 카네레츠 협곡이기 때문이었다.

카네레츠 협곡.

험준한 산과 바다로 둘러싸인 이 협곡은 마나의 기운이 전혀 발휘되지 않는 금제의 공간이었다. 제아무리 날고 기는 대마법사라고 해도 협곡 안에서는 파이어 볼 하나 쓰지 못하는 평범한 사람이 되고 마는 것이다.

제후들은 산길 중턱에서 진군을 멈추고 척후병을 보냈다.

앞서 띄운 비행선으로 전체적인 정찰은 끝낸 참이었지만 로이드의 전력을 보다 상세히 가늠할 필요가 있었다. 구불구불 이어진 산길 전체에 기다란 병력이 걸쳐진 가운데 빗발이 쏟아지기 시작했다.

잠시 후, 말을 달려 사라졌던 척후병이 흠뻑 젖은 몰골로 되돌아와 보고를 올렸다.

"100여 명 정도 됩니다. 특별한 낌새는 보이지 않습니다."

척후병의 보고는 비행선의 정찰 결과와 다르지 않았다. 통곡의 분지는 시야를 가릴 만한 것이 존재하지 않는 탁 트인 장소였기에 숨은 병력 따위를 걱정할 필요도 없었다.

"멍청한 놈들. 우리를 물로 보는 건가. 100명밖에 안 되는 병력을 갖고 무슨 배짱으로 버티고 있는 거야?"

제후들이 기름기로 번들거리는 서로의 얼굴을 바라보며 껄껄 웃음을 터뜨렸다. 이윽고 제후 중 하나가 명령을 내렸다.

"공격을 개시하게. 가능하면 모조리 생포해. 협곡 안에서 붙잡아 심문할 테니까."

"알겠습니다."

제후들은 마차에 그대로 남은 채 병력을 외길의 협곡 깊숙이 들여보냈다.

처음부터 이렇게 할 생각이었다. 네 명의 제후와 약 500명 정도의 보초병들을 제외하고 전 병력이 협곡으로 투입되었다.

시간이 얼마나 지났을까.

퍼어어어엉!

"우와아악!"

격렬한 폭음이 하늘을 쩌렁쩌렁 울렸다.

경악하여 허공을 올려다 본 제후들은 그 즉시 사색이 되어 얼어붙었다.

정찰을 끝내고 돌아가던 비행선이 불길에 휩싸여 추락하고 있는 것이 아닌가.

"저, 저, 저게 무슨……!"

추락하는 비행선 위에서 빠른 속도로 하늘을 가로지르는 괴물체가 보였다.

괴물체는 고막을 울리는 굉음과 함께 빠른 속도로 날아드는 중이었다. 제후들은 그것이 이계에서 온 B-29라는 이름의 전략폭격기라는 사실을 꿈에도 알지 못하고 있었다.

부우우우웅!

"히, 히익! 이쪽으로 온다!"

"협곡을 벗어나! 이 새끼들아, 말, 말을 돌려!"

제후들이 다급히 명령을 내렸다. 그러나 폭격기의 속도를 앞지를 수 있을 리 없었다.

폭격기는 9,000미터의 까마득한 상공에서부터 산길을 따라 나아가며 폭탄을 떨어뜨리기 시작했다.

콰콰콰콰콰콰콰쾅!

"으아아아아아아아악!"

사방이 불지옥으로 뒤바뀌었다. 폭발 속에서 대지가 뒤집어지고 불길이 솟구쳤다. 폭격기는 일정한 간격을 두고 폭탄의 투하를 계속해댔다.

콰아아앙! 쾅! 콰콰쾅! 콰콰콰콰쾅!

병사들의 절규마저 굉음 속으로 삼켜졌다.

5,000명의 대군이 괴멸을 맞이하기까지 30초가 채 걸리지 않았다.

제후들은 노저히 지금의 상황을 납득하지 못하고 사시나무처럼 벌벌 떨고만 있었다.

도대체 무엇이 어디서부터 잘못된 것일까. 간단히 적들을 제압하고 심문한 다음, 저녁 만찬을 즐기기 전에는 돌아가 대공에게 보고를 드릴 예정이었는데…….

폭탄을 모조리 투하한 폭격기가 협곡 저편으로 날아가고 있었다. 그러고는 어찌된 영문인지 산자락 한복판에 처박히며 폭발하는 것이었다.

제후들은 비로소 도망칠 배짱을 얼마간 되찾고 마차에서 내려섰다.

"신이 우릴 도왔소! 우린 무사해!"

제후들이 휴지처럼 구겨진 서로의 얼굴을 확인하며 지껄였다. 그들을 포함해 살아남은 병사들은 손에 꼽을 수 있을 정도로 적었다.

제후들에게 병사들의 상태는 안중에도 없었다. 어차피 병사라는 건 그들에게 있어 소모품이었다. 머릿수가 모자라면 또 징병해서 채우면 되는 단순 소모품에 지나지 않는 것이다.

제후들은 피투성이가 되어 신음하는 병사들을 걷어차 길가로 밀어냈다. 그렇게 길을 만든 다음 각자 좋은 말을 하나씩 잡아탔다.

"어서 도망갑시다!"

제후들이 말머리를 온 길로 되돌렸다.

바로 그때, 한 무리의 잿빛 병력이 협로를 가득 메운 채 다가오고 있었다. 알아볼 수 있을 정도로 간격이 좁아지자 제후들은 말에서 떨어질 정도로 놀랐다. 구울들로 구성된 언데드 부대였다.

"구, 구울이다!"

"뭐요? 언데드?! 남작은 구울을 본 적 있소?"

"시, 실제로 본 건 나도 처음이오. 어릴 때 도서관의 도감에서나 보았지……!"

언데드 부대의 무리가 조금의 간격을 두고 진군을 멈췄다.

검은 로브 차림의 여자가 대열 속에서 나와 제후들 앞에 섰다. 로이드의 심복 시토라였다.

시토라는 제후들의 얼굴을 하나하나 뜯어보고는 그중 하나를 가리키며 말했다.

"턱 밑의 점, 외눈 안경, 느끼한 눈매, 닭털 같은 머리칼… 당신이 마르티스 후작이지?"

"으으으, 너, 너는 누구냐? 감히 위대한 왕국의……! 으아아아아악!"

마르티스 후작이 말을 잇지 못하고 비명을 내질렀다. 시토라의 손짓을 따라 수십 마리의 구울이 살기를 머금고 달려든 참이었다.

"사, 살려……!"

구울들이 마르티스를 붙잡았다. 마르티스는 이제 꼼짝없이 죽었구나 싶어 눈을 질끈 감았다. 그러나 의외였다.

구울들은 공격하지 않고 마르티스를 얌전히 붙잡아 시토라에게 데려갈 뿐이었다.

"당신은 운이 좋아."

시토라가 마르티스의 뺨을 찰싹 때리며 말했다.

흠칫 몸을 떨며 눈을 뜬 마르티스 앞에서 시토라는 눈짓으로 등 너머를 가리켰다. 마르티스가 돌아보기도 전에 비명이 한 발 먼저 터졌다.

"끄아아아아악!"

구울들이 다른 제후들을 찢어발기고 있었다.

한낱 고깃덩이처럼 조각조각이 나고 있는 동료들을 보고 마르티스는 그 자리에서 오늘 먹은 것들을 모조리 토해냈다. 시토라는 재미있다는 듯이 허리를 꺾으며 배를 잡고 웃어댔다.

"이게 항시 고상한 척 염병을 떨어대는 귀족들의 말로야! 너무 재미있어! 귀족들이 죽는 모습은 아무리 봐도 질리지가 않는단 말이야! 오~ 호호호호호!"

"으으으…… 으흐흐흑!"

마르티스는 오금을 와들와들 떤 끝에 그만 오줌까지 질펀하게 싸버렸다. 발목을 타고 줄줄 흘러내리는 액체를 보고 시토라는 한결 거칠게 한참을 더 웃어댔다.

"휴우, 후련해. 어디 볼까, 꽤나 살아 있네. 이만하면 왕국에 돌아가서 보고를 할 목격자는 충분한 셈이지. 됐어."

이윽고 웃음을 멈춘 시토라가 주위를 돌아보며 중얼거렸다. 공포에 질려 감히 도망칠 생각도 못하고 부들부들 떨어대는 병사들이 도처에 널려 있었다.

시토라는 손을 들어 구울들에게 퇴각 신호를 알렸다. 구울들에게 잡혀 질질 끌려오면서 마르티스가 물었다.

"나, 나를 어떻게 할 셈인가?! 죽일 건가?"

"나도 잘 몰라. 당신이 드로제의 용광로에 대해 자세히 말해줄수록 살아남을 확률은 높아질 거야."

"나, 난 그 용광로에 대해 아는 바가 거의 없다! 헤페룬 공방에서 만들어졌다는 것만 알지 거기 들어가 본 적도 없어!"

"에이, 그럴 리가 없잖아. 가장 가까운 곳에서 고르게우스 대공의 발가락 사이를 핥아대는 양반께서, 설마."

시토라가 먼저 말 위에 올랐다. 구울들이 마차 뒤로 이어진 끈에 마르티스를 묶으려 했다. 그 순간 마르티스는 사색이 되어 발버둥을 쳤다.

"으으으……. 주, 죽고 싶지 않아! 나를 제발 놔줘!"

"정말 시끄럽네. 손가락 부러뜨려."

명령이 떨어지자마자 구울들이 마르티스의 두 손을 잡고 열 손가락을 모조리 힘차게 꺾었다.

우두두두둑!

"갸아아아아아아아아악!"

마르티스가 부러진 손가락들을 덜렁거리며 볼썽사납게 울부짖었다.

그 사이에 구울들은 간단히 마르티스의 두 손을 모아 손목을 밧줄로 강하게 묶었다. 마르티스는 부러진 손가락의 격통으로 엎어진 채 계속 몸을 이리저리 뒤틀고 있었다.

"일어나서 직접 걷는 게 좋을걸. 여긴 지면이 울퉁불퉁해서 그렇게 엎어져 있다간 뱃가죽이 다 벗겨질 거야."

"으으으…… 으ㅎㅎ흑……!"

"출발하자!"

시토라가 말을 천천히 몰기 시작했다. 밧줄이 팽팽히 당겨지면서 엎어져 있던 마르티스 후작도 질질 끌려가기 시작했다.

시토라의 말대로 배를 긁히기 시작하자 마르티스는 뒤늦게 아픔을 호소하며 비틀비틀 일어섰다.

"말도 잘 듣네. 거봐, 천천히 몰 테니까 너무 힘들이지 말고 잘 따라와."

카네레츠 협곡에 들어설 때까지만 해도 또 한 번의 공을 세우게 됐다는 자신감에 차 있었던 마르티스는 한낱 거지꼴의 폐인이 되어 무기력하게 끌려가고 있었다.

말고삐를 잡은 시토라의 낯 위로 싱그러운 바람이 불어왔다. 시토라는 두 눈을 감고 코끝을 실룩이며 바람의 냄새를 만끽했다.

오늘의 폭격으로 시작되었다.

이제 얼마 남지 않은 것이다.

망할 귀족들의 나라가 뒤엎어지고 로이드의 세계가 펼쳐질 날이 그녀의 두 눈 앞에 아른거리고 있었다.

제8장
외도

이계
마왕성

"결국 조종사는 죽었나."

"네, 안타깝게도……."

시토라가 말끝을 흐렸다. 보고의 말미에 B-29 폭격기를 조종했던 자에 대해 이야기를 올린 참이었다.

로이드는 시토라에게 등을 보인 채 창가에 팔짱을 꿰고 서 있었다.

"착륙하는 방법을 끝내 완벽하게 익히지 못했으니까요."

로이드가 계속 말이 없자 조바심이 난 시토라가 그렇게 덧붙였다. 로이드는 아주 희미하게 고개를 끄덕이고 있었다.

"예상했던 일이지."

"그렇습니다."

"으음."

"유가족에게는 약속했던 보상을 지급할 것입니다."

"그래야겠지."

"네."

로이드가 시토라 쪽으로 돌아섰다.

무표정한 얼굴에서 감정이 느껴지지 않았다.

하지만 시토라는 막연히 로이드의 가슴 속에서 일고 있는 파문을 느낄 수 있었다.

처음 봤을 때부터 그랬다. 자신만은 이 고독한 남자를 이해할 수 있다고 생각했고 그 일방적이기까지 한 믿음은 오늘까지 한 점 변함이 없었다.

"마르티스 후작은 어떻게 됐지?"

"독방에 감금시켜 뒀습니다."

"손은?"

"치료해 줬습니다. 이미 다 나았습니다."

"그래, 식사 정도는 편히 할 수 있게 해줘야지. 고생했다, 시토라. 너에게도 약속대로 휴가를 줘야겠군."

"아닙니다. 휴가는 필요 없습니다."

"그러지 말고 열흘 정도 쉬어. 금방 또 바빠질 테니 쉴 수 있을 때 푹 쉬는 게 좋아. 어디 여행이라도 다녀오지."

시토라가 입술을 앙다물었다.

함께 가고 싶다는 말이 타는 혀 위에서만 맴돌고 있었다.

고민 끝에 말을 내뱉으려는 찰나, 그녀의 등 뒤 문 밖으로부터 소란이 일었다.

"에, 엘리아 아가씨! 이쪽으로는 오시면 안 됩니다!"

"비켜주세요! 저는 당신들이 그렇게 존경해 마지않는 로이드 모빅의 여동생 아닌가요! 어떻게 저를 막는 겁니까!"

"아이구, 아가씨! 제발 저희 사정 좀 봐주십시오!"

"비키시라고 말씀드렸습니다!"

이윽고 문이 벌컥 열렸다.

새빨갛게 상기된 얼굴의 엘리아가 헝클어진 머리칼을 휘날리며 방으로 들어왔다.

시토라가 재빨리 고개를 숙이며 옆으로 물러섰다.

"무슨 일이니, 엘리아."

"오라버니를 뵈러 왔습니다."

"기쁘구나. 네가 어쩐 일로 나를 다……"

엘리아가 방을 가로질러 로이드의 코앞까지 다가갔다. 그녀는 거칠게 뿜어져 나오는 숨을 겨우 되집어 넣고 오라버니를 올려다보며 물었다.

"전쟁을 일으키신 건가요?"

외도 267

"난데없이 무슨 이상한 질문이냐?"

"대답해주세요. 지금 오라버니께서 바깥에서 무얼 하시며 돌아다니시는지. 전쟁을 일으키신 게 맞나요?"

"부정하진 않겠다."

로이드가 순순한 어조로 대답했다. 그 담담한 대답에 엘리아는 불안함을 머금은 두 눈을 파르르 떨며 연거푸 물었다.

"혹시 리우룸 마을을 아시나요?"

"리우룸?"

"고르게우스 대공의 영지에 있는 마을이요. 목재로 유명한 곳이기도 하고."

"아아, 목재 얘기를 하니 알겠구나."

로이드가 두 눈을 치켜뜨고 고개를 끄덕여 보였다.

"공격하셨나요?"

"뭐?"

"리우룸 마을을 공격하셨는지를 여쭤보는 거예요."

"왜 그런 질문을 하는……."

로이드는 거기까지만 말하다 말고 말끝을 흐렸다.

여동생의 두 눈가에 뜨거운 눈물이 고이기 시작한 까닭이었다. 그리고 더불어 생각이 났기 때문이었다.

엘리아는 형편이 어려운 마을의 아이들을 찾아다니며 직

접 공부를 가르쳤었다. 그건 엘리아의 삶에 있어 크나큰 낙이었다.

지금 이런 말을 물어보는 건 리우룸 마을에 엘리아의 학생이 있었다는 얘기다.

로이드는 머리가 지끈거리기 시작했지만 겉으로는 태연한 표정을 유지하고 고개를 가로저었다.

"아니."

"정말이세요?"

"그래, 공격하지 않았다."

"어떻게 믿어야 하죠?"

"믿어라. 오라버니의 말을 못 믿는다면 대체 누구의 말을 믿는다는 거냐?"

"절 내보내 주세요. 직접 두 눈으로 확인하게 해주세요."

"그건 안 돼. 다만 여기 살면서 불편한 게 있다면 그건 언제든 말해라. 섬 안에서 원하는 건 뭐든지 해주겠다. 바람을 쐬려면 마탑 밖으로 나갈 수도 있어. 그리고 섬도 충분히 넓다."

"오라버니와 함께 있고 싶지 않아요. 내보내 주세요."

엘리아가 지체없이 단호하게 말을 이었다.

오라버니와 함께 있고 싶지 않다는 말이 순간 로이드를 울컥하게 만들었다.

로이드는 자기도 모르게 으르렁거리듯 말을 내뱉고 말았다.

"안 돼. 나가고 싶으면 펜던트의 행방을 밝혀라."

"펜던트는 정말 모른다고 했잖아요."

"믿을 수 없다. 모를 리가 없어."

"제발요, 오라버니……! 내보내 주세요……!"

엘리아가 로이드의 발밑에 무릎을 꿇었다.

로이드는 순간 무심코 허리를 굽혀 엘리아를 붙잡아 일으키려 했다.

그러나 그 와중에 대기하고 있던 시토라와 눈이 마주쳤고, 다시 떨리는 손을 거둬들이고 말았다.

"애원해도 소용없다."

"으흐흑……. 너무해요, 오라버니."

엘리아의 울음이 로이드의 가슴을 거칠게 후벼 팠다.

로이드는 고통스러워 더 볼 수 없었다. 반쯤 돌아서서 바깥에서 대기 중인 보초병에게 손짓을 보냈다. 보초병들이 들어와 엘리아를 잡아 일으켜 세우려 했다.

"놓으세요. 혼자 일어설 수 있어요."

엘리아가 스스로 일어섰다. 그녀는 흐르는 눈물을 그대로 놔둔 채 로이드를 한동안 쏘아보더니 곧장 돌아서서 방을 나가 버렸다.

"쳤겠지?"

문이 닫히고 난 뒤 로이드가 꺼져 드는 목소리로 물었다. 시토라가 고개를 들어 로이드를 바라보았다.

"리우룸 말이야."

"네, 루이제 님 담당이었습니다."

"그렇다면 박살이 났겠군."

"그렇다고 볼 수 있습니다."

"지금은 뭘 하고 있지?"

"옛 친구와의 재회를 즐길 시간을 달라고 하셨습니다. 캔델 고원에 있는 자신의 산장에 머물고 계십니다."

"그런가."

로이드가 한 손을 허공에 대고 흔들었다. 찬장이 열리고 술병과 잔이 날아왔다.

로이드의 흐느적거리는 손끝을 따라 술병은 스스로 뚜껑을 열고 잔에 술을 부었다.

로이드는 손을 뻗어 술로 가득 찬 잔을 붙잡아 입으로 끌었다.

'제기랄……'

독한 술이 달아오른 로이드의 가슴을 한결 거칠게 불태웠다.

마을을 묵사발로 만들고 사람들의 목숨을 앗아간 일이 죄스러운 게 아니었다.

그건 당연히 해야 할 일의 하나였을 뿐이다. 로이드는 그저, 사랑하는 여동생의 일에 대해 잊고 살았던 자체에 울분을 토해내고 있었다.

자신의 일에 집중한 나머지 동생의 기쁨이 무엇이었는지를 까마득하게 잊고 살았다.

로이드는 남은 술을 단번에 들이켰다. 술 탓인지, 스스로에 대한 역겨움 탓인지 구분이 애매한 구토감이 몰려왔다.

로이드는 입안 가득 술을 머금은 채 손에 쥔 술잔을 탁자 위로 세차게 내리찍었다.

콰직!

잔이 산산조각이 나면서 파편이 사방으로 튀었다. 찢어진 로이드의 손아귀에서 핏물이 줄줄 흘러내렸다.

"로이드 님!"

"간섭 마!"

로이드가 소리쳤다. 다가서던 시토라는 움찔거리며 몸을 멈췄다가 다시 발을 내딛었다.

그녀는 자신의 옷자락을 찢어 한 손에 들고는 로이드의 다친 손으로 자신의 손을 포갰다.

"간섭하지 말라고 했어."

"그런 식으로 말씀하시지 마세요."

"내가 무섭지 않나?"

"전혀요."

시토라는 대수롭지 않게 대답하며 로이드의 상처를 천으로 칭칭 동여매고 있었다.

로이드는 느닷없이 시토라의 팔을 밀쳐내고는 그녀의 양 어깨를 두 손으로 움켜잡았다.

"무섭지 않다고?"

"네."

시토라는 로이드를 똑바로 쳐다보고 있었다.

손아귀로 전해져 오는 감촉을 느끼며 로이드는 생각했다. 시토라는 이렇게까지 가녀린 여자였나. 가녀린 어깨에서 느껴지는 따스한 체온이 손아귀를 타고 자신의 몸으로 흘러드는 느낌이었다.

로이드는 시선을 약간 아래로 떨어뜨렸다. 검은 로브 속에서 부푼 시토라의 가슴이 크게 들썩이고 있었다.

"거짓말."

시토라의 가슴을 들여다보며 로이드가 중얼거렸다.

"역시 나를 무서워하고 있군."

"아뇨. 그렇지 않아요."

"그런데 왜 떠는 거지?"

"로이드 님께서 절 똑바로 봐주고 계시니까요."

시토라의 대답에는 거침이 없었다.

로이드의 시야 속에서 그녀의 얼굴 위로 오래전의 피폐한 얼굴이 겹쳐지고 있었다.

무더웠던 여름의 오후. 시체 썩는 냄새가 진동하던 처형장에서 두 사내를 따라 숙소로 향하던 시토라의 얼굴이었다.

그래서 로이드는 이질감이 들었다. 그때의 시토라가 지었던 표정과 지금 눈앞에서 시토라가 짓고 있는 표정은 너무나도 달랐다.

담담함을 가장한 똑같은 얼굴 속에서도 이목구비 하나하나가 드러내고 있는 표정이 저마다 달랐다. 로이드는 현기증을 느끼고 비틀거렸다.

"괜찮으세요?"

"나가보겠다."

로이드가 시토라를 가볍게 밀어내고 몸을 바로 세웠다.

문으로 향하는 로이드의 목덜미에 대고 시토라가 말했다.

"저는 언제나 로이드 님을 기다리고 있어요."

"이상한 소리를 하는 게 아냐."

"언제까지 저를 외면하실 건가요? 제 몸은 더럽지 않아요. 더럽혀질 뻔했지만, 더럽지 않아요."

"한 번도 널 더럽다고 말하지 않았어."

로이드가 이를 갈듯이 말하며 돌아보았다. 그리고 그대로 돌처럼 굳었다. 단추가 풀린 시토라의 상의가 배꼽까지 흘러

내려와 있었다.

"괜한 짓 하지 마."

로이드는 그녀의 눈부신 나신을 피해 눈을 돌리고 도망치듯 방을 빠져나갔다.

문이 닫히고, 방에 홀로 남은 시토라는 흘러내린 옷자락을 잡은 채 꼼짝도 하지 않았다.

우뚝!

십여 걸음을 걸어가던 로이드가 갑자기 걸음을 멈추고 복도에 우뚝 섰다.

이글거리는 두 눈이 방금 자신이 나온 방 안을 노려보고 있었다. 저 안에는 여전히 시토라가 서 있을 것이었다.

로이드는 머리끝까지 화가 치밀었다.

어째서 저 여자는 바보처럼 내 말을 하나부터 열까지 완벽하게 듣는 것인가. 왜 한 번도 반항하지 않는 것인가.

갑자기 견딜 수가 없어졌다. 로이드는 미친 사람처럼 뛰어 자신이 나왔던 방으로 도로 들어섰다. 시토라는 역시, 방을 나섰을 때와 똑같은 모습으로 우뚝 서 있었다.

로이드는 미끄러지듯 다가가 시토라의 가냘픈 육체를 끌어안았다. 그리고 입술 위로 자신의 입술을 포갰다.

시토라는 감격으로 온몸을 부르르 떨며 두 눈을 적셨다. 그리고 보드라운 손으로 로이드를 끌어안은 채 탁자 위로 몸을

외도

뉘였다.

"화나게 하지 마."

"죄송해요."

"날 열받게 하지 마. 아무 말도 하지 마! 조용히 해!"

"알겠어요. 입을 열지 않을게요. 가만히 있을게요."

"지금도 말하고 있어!"

"죄송해요."

로이드의 손길이 거칠어지고 숨결은 뜨거워졌다. 그는 거의 찢을 듯이 시토라의 상의 앞섶을 좌우로 열어젖혔다. 뒤이어 그의 입술이 시토라의 목덜미에 처박혔다.

"흐윽."

시토라는 비에 젖은 꽃잎처럼 부들부들 턱 끝을 떨며 방금 한 약속을 어기고 말았다.

"평생 곁에 있겠어요."

"말하지 마!"

"영원히 로이드 님과 함께 있고 싶어요."

그 말이 떨어진 순간.

로이드는 얼굴을 시토라의 육체에서 떼고 허공으로 고개를 쳐들었다.

불 꺼진 방 안의 어둠이 좌우로 갈라지면서 여동생의 얼굴이 들이닥쳤다. 여동생으로부터 들었던 한마디가 귓가를 강타하고 있었다.

"오라버니와 함께 있고 싶지 않아요."

 같은 방에서 다른 두 여자에게 들은 목소리가 좌우 고막을 번갈아 울렸다. 같은 시공간의 일이라고 여겨지지 않았다.
 "로이드 님, 왜 그러세요."
 로이드는 시토라를 매만지던 손길을 멈추고 멍하니 허공을 응시했다.
 시토라가 로이드의 손목을 잡아 자신의 몸 위로 이끌었다. 로이드는 그 손을 거칠게 뿌리치고 몸을 일으켰다.
 "그으……!"
 시토라의 체온과 향취를 온전히 느낄 수가 없어졌다. 로이드는 갑자기 자신이 추하게 느껴지기 시작했다. 그는 시토라의 부름을 외면하고 정말로 방을 뛰쳐나갔다.

 로이드는 구불구불 이어진 복도를 계속 달리듯이 걸었다.
 혼자 있고 싶은데 마땅한 장소가 없었다. 마탑의 모든 곳에 자신을 아는 사람이 있다는 사실이 이 순간만큼은 무척 성가셨다.
 스스로 만든 근거지임에도 불구하고 그랬다. 지금 이 순간

만큼은 모두에게서 벗어나 혼자만의 시간을 갖고 싶었다.

그래서 로이드는 자신의 마왕성으로 진입했다. 거기에서 그라즈가 연구하다 만 B-29 폭격기의 잔해를 발견했다. 로이드는 가만히 그것을 내려다보다가 보관소로 들어섰다.

보관소 안에는 일전의 조합으로 만들어진 노란색의 늘씬한 전차가 세워져 있었다. 감정 결과에 따른 이 전차의 명칭은 포르쉐 박스터였다.

로이드는 포르쉐의 운전석에 앉아 핸들을 잡았다. 직선으로 두 팔을 쭉 뻗어 핸들을 잡고 백미러를 보았다. 부자연스러운 자신의 모습이 우스꽝스럽게 느껴졌다.

로이드는 핸들 옆의 버튼을 눌러 차의 시동을 걸었다. 엔진이 진동하면서 차체가 뒤흔들리기 시작했다. 여기까지가 딱, 로이드가 확실히 아는 이 전차의 조종법 전부였다.

'그라즈에게 또 부탁해 볼까. 아니, 아니다.'

로이드는 생각을 떨쳐내듯 고개를 가로저었다. 그라즈에게 보여주면 어느 정도까지는 간단히 배울 수 있을 것이다.

하지만 B-29 폭격기의 일도 있고, 자존심 때문에라도 이제부터는 스스로 깨우치고 싶은 마음이었다.

로이드는 어떻게 조작해야 하는지도 모르는 변속기를 붙잡았다. 그리고는 의자 밑에서 발끝에 닿는 엑셀을 힘차게 밟아보았다.

부르르릉!

"헉!"

로이드가 새하얗게 질려 엑셀에서 발을 뗐다.

그랬는데도 포르쉐는 계속 나아가 기어이 보관소의 벽에 쾅, 하고 부딪쳤다. 그 반동으로 로이드는 앞이마를 핸들에 부딪치고 말았다.

"크으으……!"

빨개진 앞이마를 매만지며 로이드는 신음을 흘렸다. 조금 전 컵을 깨면서 손을 다쳤을 때도 그랬고, 하루에 두 번씩이나 실로 오랜만에 고통을 느껴보고 있었다.

'강화가 부족한가? 그래서 조종이 제대로 되지 않는 건가?'

그렇게도 생각했지만 원인이 그것만은 아닌 것 같았다.

로이드는 자신의 잘못을 돌아볼 줄 아는 남자였다. 원인은 전차가 아닌 자신에게 있을 것이라고 몇 번이나 그는 곱씹어 생각했다.

'안 되겠어. 현지인에게 전차를 조종하는 법을 확실하게 배워둬야지.'

시간이라면 있었다. 왕국을 장악하기 위한 1차전은 다 끝낸 상태였다.

드로제의 용광로에 대해 감을 잡고 고르게우스 대공과의

만남을 준비하기까지는 충분히 여유가 있었다. 괜히 시토라와 루이제에게 휴가를 주었던 게 아니었다.

로이드는 문득, 정녕 휴가는 자신에게 필요한 것이 아닐까 하고 생각했다.

그는 포르쉐에서 내려서서 던전관리소로 향했다. 그리고 지도를 조작해 적당한 위치를 찾아 두 눈을 이리저리 움직였다.

'여기가 좋겠군.'

예전에 공략하려다 말았던 곳이었다. 보상이 별로인 데다 귀찮았던 까닭도 있었다.

해당 세계의 언어라면 언젠가의 보상을 통해 완벽히 익힌 상태였다. 로이드는 해당 지점의 던전에 손을 접촉한 뒤 활성화된 마법진 안으로 몸을 들이밀었다.

슈우우욱!

빛과 함께 로이드의 몸이 이동되었다.

어느새 그는 한낮의 우거진 수풀 속에 서 있었다.

수풀 밖으로 나오자 태양을 반쯤 가리고 하늘까지 솟은 대한민국 서울의 남산타워가 저 멀리에 보였다.

로이드는 로브 차림을 하고 길가로 나섰다. 지나가는 사람들이 로이드의 옷차림과 생김새를 신기하다는 눈빛으로 훔쳐보고 있었다.

'옷을 먼저 바꿔야겠어.'

이 세계에 대해서라면 어느 정도는 파악했다.

몇 번인가 도심을 산책한 적도 있었다. 로이드는 주위를 두리번거리다가 마침 근처의 벤치에 나란히 앉아 있는 중년의 남녀를 발견했다.

일단 편안하게 활동하려면 이 세계의 돈이 필요했다. 이 정도의 작은 소란을 일으키는 건 괜찮다고 생각하면서 그는 손가락 끝을 까닥였다.

―슬립.

로이드가 마법을 걸자마자 두 남녀가 서로의 어깨에 머리를 포개며 깊은 잠에 빠졌다. 곧이어 로이드는 눈빛으로 텔레키네시스 마법을 연거푸 걸었다.

남자의 품속에 들어 있던 지갑이 날아와 로이드의 로브 속으로 빨려들었다.

로이드는 함부로 지갑을 꺼내지 않고 일단 근처의 화장실로 걸음을 옮겼다. 그는 이제 이 세계의 경비병에 대해 어지간히 파악하고 있었다.

무엇인가 범죄를 저지르면 어디선가 예고도 없이 경비병들이 나타나는 것이다. 그 속도는 대마법사인 로이드를 경악하게 할 만큼 빨랐다.

예전에 횡단보도의 존재를 모르고 차도를 건넜을 때였다.

한 차가 코앞에서 급정거를 하더니 운전자가 내렸다. 그 당시엔 한국어를 익히지 못한 상태였기에 말은 알아듣지 못했다.

하지만 벌겋게 달아오른 얼굴로 침을 튀기는 것만 봐도 상대가 화를 내고 있다는 것을 로이드는 알 수 있었다.

로이드가 계속 묵묵부답으로 일관하자 기어이 운전자는 한층 험악해진 인상으로 달려들었다.

대마법사 로이드는 당연히 반격했다. 텔레키네시스 마법으로 운전자와 자동차를 사거리 너머까지 날려버린 것이었다.

곧바로 소란이 일었고 어디선가 제복을 입은 경비병들이 우르르 밀려왔다.

싸움 자체는 문제가 아니었으나 괜한 소란을 피우고 싶지 않았고, 아직 이 세계에 대해 자세히 몰랐던 로이드는 서둘러 자리를 뜨고 말았다.

그 이후로 오늘이 첫 방문이었다.

그래서 로이드는 당시의 기억을 떠올리고 지금도 지갑을 훔치자마자 화장실로 들어간 참이었다.

대변기 칸에 들어가 지갑을 열어 보니 녹색 빛의 빳빳한 지폐가 가득 들어 있었다. 로이드는 그 돈을 모두 꺼내 챙기고 지갑은 휴지통에 버렸다.

언젠가 본 TV 속의 남자가 지갑을 훔치고 한 행동을 그대로 따라한 것이었다.

로이드는 자신의 학습능력에 나름 흡족한 기분이 되어 홀가분하게 화장실을 나섰다.

남산을 벗어나 그가 향한 곳은 명동이었다. 한낮의 명동은 젊은 인파로 북적이고 있었다. 잠시 사람들의 시선을 한 몸에 받으며 걷던 로이드는 이내 눈에 밟히는 의류점을 향해 몸을 돌렸다.

손님도 많고 직원도 많아 정신이 없는 넓은 가게였다. 로이드는 아까 훔친 돈으로 옷을 살 생각이었다.

그런데 이런저런 옷들을 살펴보았지만 뭘 입어야 할지 감이 서지 않았다.

때맞춰 눈앞에 모델의 전신이 나온 거대한 사진이 눈에 띄었다. 로이드는 물끄러미 그 사진을 바라보다가 마침 옆을 지나가던 여직원을 불렀다.

"네, 아……. 메, 메이 아이 헬프 유?"

로이드를 외국인이라고 여긴 여직원이 영어로 어렵사리 대답했다. 로이드는 시큰둥하게 사진을 가리키며 한국어로 대답했다.

"이 모델이 입고 있는 걸로 주시오."

"아아, 네. 전부요?"

외도 283

"그렇소. 전부."

"사이즈가 어떻게 되세요?"

"사이즈? 으음."

로이드가 어리둥절한 표정으로 자신의 몸을 내려다보았다. 그러자 여직원은 로이드의 몸을 이리저리 돌아보고는 웃으며 말을 이었다.

"대충 알겠네요. 상의는 100이면 될 것 같고, 하의는 일단 32로 가져와 볼게요. 여기 계세요."

"고맙소."

잠시 후, 로이드는 모델이 입었던 것과 꼭 같은 옷차림이 되어 거리를 활보하고 있었다.

빨간색 패딩 점퍼에 녹색과 노란색이 버무려진 체크무늬 팬츠, 그리고 노란색 운동화를 신고서.

'뭔가 이상한데.'

로이드는 불현듯 사람들이 아직도 자신을 쳐다보고 있음을 느낄 수 있었다.

이 세계 사람들이 입는 옷을 입었는데도 왜 자꾸 쳐다보는 것일까. 거기에는 외국인이라는 이유도 있었지만, 사실 로이드는 자세히 알지 못했다.

사진 속의 모델이 입는 옷과 실제 사람들이 입는 옷에는 크나큰 차이가 있다는 사실을.

'이제 전차의 조종법을 배워야 할 텐데.'

어디서부터 어떻게 접근해야 할 것인가. 사람을 붙잡고 물어보는 편이 가장 빠를 것 같았다.

마침 근처에 좌판을 깔고 악세사리를 팔고 있는 여자가 보여서 로이드는 그리로 갔다.

"어서 오세요."

"저기, 전차 조종법을 배우려면 어디로 가야 합니까?"

"네?"

여자가 웬 개소리를 지껄이느냐는 표정으로 로이드를 멍하니 바라보았다.

로이드는 길 너머를 지나가고 있는 자동차를 가리키며 말을 이었다.

"저런 전차 말입니다."

"아아, 자동차요."

"그렇소."

"그런데 무슨… 운전면허 따신다는 거예요?"

"운전… 면허?"

로이드가 고개를 살짝 갸우뚱거리며 되뇌었다. 처음 듣는 단어여서 그는 머리가 혼란스러워졌다.

"운전을 하시려면 일단 자격증을 따셔야죠. 뭐, 외국인이라도 신분증만 있으면 시험은 치를 수 있으니까."

"어디로 가야 합니까?"

"저기, 멋있는 오빠. 지금 저 놀리는 거 아니죠?"

"놀리다니 그게 무슨 소리요?"

"휴우, 됐어요. 아, 뭐라고 설명하지."

여자가 질겅질겅 씹던 껌으로 크게 풍선을 불었다.

한계까지 부푼 풍선이 터지자마자 여자가 길 너머의 서점을 가리키며 말했다.

"저기가 서점이거든요. 가시면 운전면허시험 교재가 있을 거예요. 어차피 필기시험도 보셔야 하니까 그 교재를 보세요."

"교재를 보라고?"

"그래요. 그 책 보면 시험 응시방법부터 전부 자세하게 나와 있을 거예요. 직접 보시는 게 나을 거예요."

"고맙소. 그렇게 하지."

로이드가 돌아서려 하는데 여자가 재빨리 손목을 덥석 잡고 말했다.

"고마우면 뭐라도 하나 사야죠. 이거 어때요? 여친한테 드리면 엄청 좋아할 거예요. 네? 멋진 오빠."

"으윽."

결국 로이드는 3만 원을 주고 꽃잎 형태의 펜던트가 아로새겨진 목걸이를 사버렸다. 그는 목걸이를 대충 주머니 속에

쑤셔 넣고 여자가 가르쳐 준 서점으로 향했다.

'이건… 이건 아냐.'

교재를 찾아 반쯤 보기도 전에 로이드는 짜증이 났다.

그는 운전면허라는 자체를 딸 필요가 없었다. 이 세계의 규칙을 자신에게 적용시킬 가치 따윈 전무했으니까.

전차를 조종하는 법만 배워서 로쿨룸 대륙에서 능숙하게 사용하면 그만 아닌가.

로이드는 책을 던지듯이 내려놓고 서점을 나섰다.

길가로 나가 보니 도로와 면한 차도에 차 한 대가 멈춰서 있었다. 운전석에 앉은 젊은 여자가 창문을 연 채 담배를 피우고 있었다.

로이드가 여자에게로 다가가 말을 걸었다.

"이봐요."

"네? 무, 무슨 일이시죠?"

잘생긴 서양인이 말을 걸자 여자는 재빨리 담배를 끄고는 옷매무새를 고치며 환히 웃어보였다.

로이드가 말을 이었다.

"이 전차 조종하는 방법 좀 알려주시오."

"네에?"

"전차 조종하는 법을 알고 싶소. 사례는 충분히 해드릴 테니 당신의 이 전차로 내게 조종법을 알려주시오."

여자는 황당하기 짝이 없는 표정으로 멀거니 로이드를 올려다 볼 뿐이었다.

"안 되겠소?"

"아니, 운전면허를 따시면 되잖아요?"

"그런 복잡하고 번거로운 것까진 필요가 없소. 당신의 전차로 실용적인 조종방법만 알려주면 충분하오."

"무슨 말을 하는 거야……!"

부르릉!

여자가 하얗게 질려 차의 시동을 걸었다. 그녀는 별 미친 사람 다 보겠다는 듯한 시선으로 로이드를 째려보고 있었다.

이윽고 차문이 올라가기 직전, 그녀는 손끝으로 길 너머를 가리키며 한마디 말을 남겼다.

"저기 오락실에나 가보시든가."

"오락… 실?"

여자를 태운 차가 배기가스를 뿜으며 자리를 떴다.

로이드는 그녀가 가리켰던 방향을 따라 시선을 던졌다. 그곳엔 온갖 시끄러운 음향이 폭발하듯 흘러나오는 게임센터 하나가 떡하니 서 있었다.

로이드는 이끌리듯 게임센터로 향했다.

'크윽, 시끄러워.'

로이드가 얼굴을 구겼다.

밖에서도 그랬지만 안에 들어와 보니 그야말로 고막이 터질 지경이었다.

북적이는 복도를 지나 안으로 몇 걸음 들어서던 로이드는 이내 하나의 기계를 발견하고 우뚝 멈춰 섰다.

'이니셜 D? 이걸 말하는 거였나.'

광판이 눈앞에 있고, 전차의 조종석과 핸들, 그리고 변속기까지 달려 있는 전차와 꼭 같은 기계였다. 총 네 개의 기계 중 딱 한 자리만이 비어 있었다.

로이드는 공석으로 가 몸을 앉히고 핸들을 잡았다.

'왜 안 되지?'

한참이나 이리저리 만져 보았지만 조작이 도통 먹히질 않았다.

그때였다. 뒤에서 지켜보고 있던 한 여대생이 낭패에 젖어 있는 로이드의 어깨를 살며시 두드리며 말했다.

"저기요. 돈을 넣으셔야죠."

"…돈?"

"여기 투입구 있잖아요. 한 판에 1,000원이요."

"아, 돈을 넣어야 하는군."

이것도 마왕성과 같은 방식이었단 말인가.

로이드가 품에서 지폐다발을 꺼내 들었다. 만 원짜리 지폐였다.

외도 289

그것을 투입구에 넣으려 하자 여대생은 참지 못하고 웃음을 터뜨렸다.

 "그건 안 들어가요. 저기 가서서 1,000원 짜리로 바꿔 오세요."

 "어떻게 바꾸면 됩니까?"

 "이 외국인 오빠 지전 심각하시네. 팔로우 미."

 "어? 어어."

 로이드는 여대생을 따라 카운터로 가서 지폐를 1,000원 짜리로 모조리 바꿨다.

 그런 다음 투입구에 지폐를 넣고 비로소 게임을 시작할 수 있게 됐다.

 "와, 어떻게 기본이 안 돼 있어요? 코너에서 다짜고짜 엑셀을 밟으면 어떡해요? 살짝 놨다가 핸들을 꺾으면서 드리프트를 하셔야 돼요."

 여대생이 자기 가슴을 때리며 답답해했다. 로이드는 핸들을 잡은 채 당혹스런 표정으로 여대생을 돌아보고는 되물었다.

 "드, 드리프트?"

 "뭐해요! 저를 보지 마시고 화면을 봐야죠, 화면을!"

 "아차!"

 끼이이이익!

로이드가 조종하던 차가 코스를 완전히 이탈해 버렸다. 절망에 빠진 로이드에게 여대생의 잔소리가 이어지고 있었다.

"브레이크는 왜 밟아요, 또! 일단 기어부터 바꾸는 거예요. 으이구, 답답해. 아저씨 그냥 다음 판부터 오토로 하세요!"

어느 사이에 호칭이 오빠에서 아저씨로 변경되었다.

로이드는 또 실패한 자책감과 여대생의 기세에 짓눌려 얼떨결에 사과까지 했다.

"미, 미안하오. 다시 해보지."

로이드는 허겁지겁 게임이 끝난 기계의 투입구에 새로 지폐를 꺼내 밀어 넣었다. 여대생은 아예 로이드의 곁에 의자를 끌고 와 치마를 접고 앉더니 선생노릇을 자처했다.

"코스를 쉬운 데부터 하는 게 좋겠어요. 그래요, 여기."

"어어."

그러나 이계의 대마법사에게는 이번 코스 역시 좀처럼 쉽지 않았다. 이번에도 성적은 엉망진창이었다.

여대생은 너무도 황당하다는 듯이 입에 거품까지 물기 직전이었다.

"와, 이렇게 쉬운 코스를 한 바퀴도 못 돌고 죽는 사람 처음 봐, 지젼! 아저씨 진짜 지젼! 쏘 원더풀!"

여대생이 엄지손가락을 치켜들며 놀라워했다.

진심으로 추켜세우는 게 아니라 놀리고 있다는 걸 로이드는 충분히 느낄 수 있었다.

수치심과 분노로 팽배해진 가슴을 들썩이며 로이드는 다시 투입구에 지폐를 넣었다.

'이 내가……! 대마법사인 내가 이런 수모를 겪어……!'

콧김이 절로 뿜어져 나왔다.

로이드는 이를 갈며 새로이 시작된 게임에 두 눈을 고정시켰다. 이 휴가가 끝나기 전에 전차 조종법을 완벽히 익히고야 말 것이다.

'크윽! 도… 돈이……?!'

한 시간이 채 지나지 않아 로이드는 가지고 있던 돈이 모조리 떨어져 버렸다. 옷을 사는 바람에 애당초 훔친 돈이 얼마 남아 있지 않았던 것이다.

텅 빈 주머니를 뒤진 끝에 로이드는 협잡을 당했다는 표정으로 벌떡 일어섰다. 다시 돈을 마련해야만 했다. 의자에서 긴 다리를 빼고 나오는 그에게 여대생이 물었다.

"이제 그만하시게요?"

"아니, 최고가 되기 전까지 멈추지 않는다."

"풉."

여대생이 입을 가리고 웃음을 터뜨렸다.

"무슨 게임 하나 갖고 엄청 진지하게도 말씀하셔요. 최고가 되기 전까지 멈추지 않겠대."

로이드는 두 눈을 치켜뜨며 어이없어했다.

"내 말이 뭐가 우습지? 난 평생을 그렇게 살아왔어."

"푸하하하하하! 아저씨 지금 개그하는 거죠? 아악, 내 손발 오그리토그리!"

이번에야말로 여대생은 허리까지 꺾으며 깔깔거렸다. 로이드는 게임이 제대로 되지 않은 데다, 이유도 없이 여대생이 자신을 비웃자 기분이 심하게 상하고 말았다.

"외국인 아저씨, 잘 가요!"

로이드는 등 뒤에서 여대생이 인사를 하는 것도 무시하고 오락실을 빠져나왔다.

건물을 나오자마자 그는 인비져빌리티 마법을 걸어 자신의 몸을 숨겼다. 그리고 지니기는 모든 이의 지갑을 대상으로 텔레키네시스 마법을 걸었다.

부우우우우웅!

"꺄아아아악! 내, 내 지갑!"

"우왁, 이거 뭐야!"

"내려와, 씨발! 씨발, 좆나!"

수백 개의 지갑이 사람들의 품을 벗어나 허공으로 솟구치고 있었다. 날아오른 지갑들은 근처의 고층 빌딩 꼭대기까지 날아가 처박혔다.

로이드는 단숨에 그리로 몸을 날렸다.

잠시 후.

다시 오락실로 돌아온 로이드의 두 주머니는 먼지 하나 들어갈 틈이 없을 만큼 돈으로 가득했다. 주위를 살피니 기분 나쁘게 웃어대던 여대생도 보이지 않았다. 로이드는 그 사실을 다행스럽게 여기며 기계에 몸을 앉혔다.

'최고가 될 때까지 철야다⋯⋯!'

이토록 호전적인 심정을 가져 보는 것도 간만인 듯했다.

로이드는 투입구에 지폐를 밀어 넣고 땀에 젖은 두 손으로 핸들을 꾹 잡았다.

사라진 줄 알았던 여대생이 손에 든 아이스크림을 핥으며 등 뒤로 나타난 참이었다.

"야, 공은효!"

다른 친구가 나타나 여대생의 어깨를 찰싹 때렸다.

"깜짝이야!"

"왜 이렇게 전화를 안 받아?"

"어머, 전화했었어? 오락실 너무 시끄러워서 못 들었다."

"빨리 가자. 선배님들도 술집에 다 와 있대."

"잠깐만, 이거 한 판만 보고 가자. 금방 끝나."

"은효, 의외다. 이런 게임 좋아해?"

"딴 건 별론데 이건 재밌더라. 너도 나중에 해봐. 진짜 운전하는 거 같아."

"피, 운전면허도 아직 없는 게."

"말이 그렇다는 거지."

여대생은 두 눈을 반짝이며 로이드의 운전을 지켜보았다. 질주에 몰입한 로이드는 여대생이 자신을 보고 있는 줄도 모르고 화면만 뚫어져라 노려보고 있었다.

"그래, 그래. 잘하네. 이러면 돼."

부르릉!

천화지 남서부의 어느 사막 지대였다.

채빈과 연호제를 태운 파란색의 스포츠카가 모래바람을 일으키며 사막을 가로지르고 있었다.

누군가 천화지 대륙의 사람이 봤다면 실로 아연실색할 진풍경이었다.

주변엔 그들 이외에 아무도 없었다.

애당초 아무도 없는 곳이기에 연호제가 연습장소로 이곳을 선택했던 것이다.

채빈이 바닥에 그린 노선을 따라 연호제는 정신을 집중해 자동차를 달리고 있었다.

연호제는 생각보다 빨리 배웠다.

채빈이 자동차 운전의 기본 개념을 설명한 뒤 실전에 돌입하자 마치 예전에 해봤던 사람처럼 쉽게 익혀 나갔다.

반나절 정도는 투자할 생각을 하고 찾아왔던 채빈은 두 시간 만에 수업을 끝내고 차에서 내릴 수 있었다.

"굳이 시간을 내서 찾아와 주고 고맙군. 이 달구지는 유용하게 사용할 수 있을 것 같다."

수업을 마친 뒤 연호제가 감사를 표했다. 채빈은 차바퀴를 걷어차 흙먼지를 털어내며 고개를 저었다.

"요전에 네가 가르쳐 달라고 불렀었는데 보호석이랑 축석만 받아서 돌아가 버렸잖아. 밀린 숙제를 한 거지."

문득 연호제가 시선을 내리깐 채 중얼거렸다.

"그대에게는 숙제인가. 나를 만나러 오는 것이."

"어? 아니, 그런 뜻은 아니고……."

채빈이 당황스러운 듯이 말을 흐렸다.

연호제는 고개를 살짝 돌려 채빈의 시선에서 표정을 감췄다.

그늘 속에 감춰진 연호제의 입가에서 엷은 미소가 감돌고 있었다.

"화났어?"

"아니."

연호제가 일시에 웃음을 지우고 고개를 거둬들였다.

"해본 소리다."

"그래? 너 농담이 늘었네."

"그런가."

"요즘 뭐 좋은 일이라도 있어?"

"그다지."

연호제는 사막 저편의 하늘을 바라보았다.

채빈과의 대화 속에서 아직 자신의 여정이 끝나지 않았음을 상기한 것이다.

복수해야 할 대상들은 아직도 버젓이 이 세계의 어딘가에 살아 있었다.

"우아, 그건 그렇고 여기 진짜 끝장나게 덥다."

채빈은 더위에 지쳐 셔츠를 팔꿈치까지 걷은 채 헉헉대고 있었다. 아직도 매서운 추위가 지속되고 있는 한국과 달리 천화지의 사막 지대는 무더위의 극한이었다.

오리털 점퍼를 입고 왔던 채빈은 도착하자마자 점퍼를 찢듯이 벗어던져야 했다.

"차 안에 물이 있다."

연호제가 뒷좌석의 의자 한구석을 가리켰다. 채빈은 그리로 가 물병을 집었다가 도로 던지고 말았다.

"뜨거워. 입에 대기도 싫다."

채빈이 그렇게 넌더리를 내고서야 연호제는 비로소 생각났다는 듯이 입을 살며시 벌리며 돌아섰다.

"잊고 있었군. 그러면 참외라도 먹지."

"뭐? 참외?"

"이 부근에서 이름난 동후참외다. 그대와 먹으려고 몇 개 가져왔어."

"아니, 나는 참외도 별로……."

채빈은 솔직히 사양하고 싶었다.

물도 저렇게 뜨거워진 판국인데 참외라고 오죽할까 하는 생각이었다.

연호제는 채빈의 의향을 더 묻지도 않고 차 트렁크를 열어 자루에 든 참외 하나를 꺼냈다.

"저기, 연호제. 나 정말 괜찮은데."

연호제가 꺼낸 참외를 보자 채빈은 더욱 내키지 않았다.

작열하는 태양 아래 참외는 매 맞은 엉덩이처럼 빨갛게 달아올라 있었다.

도저히 선뜻 입을 댈 마음이 들지 않았다. 그러거나 말거나 연호제는 참외를 솜씨 좋게 몇 쪽으로 잘라 쟁반에 담아 내밀었다.

"자, 먹어 봐."

"으음……."

연호제의 호의를 계속 거부하는 것도 어쩐지 신경 쓰였다. 채빈은 결국 망설인 끝에 참외 하나를 집어 입에 넣고 말았다.

"어어?!"

채빈은 기절초풍할 정도로 놀랐다. 뜨겁고 물렁할 줄 알았던 참외는 이가 시려 깨물지도 못할 만큼 차가웠던 것이다.

채빈은 너무도 놀라 입 안의 참외를 우물거리며 멍청하게 연호제의 얼굴만 바라보고 있었다.

"이, 이게 어떻게 된 거야?"

"어때, 맛있지?"

연호제가 그렇게 되물으며 자신의 입에도 참외 한쪽을 밀어 넣었다.

채빈도 또 하나의 참외를 들어 입안에 넣었다. 역시 한없이 차가웠다.

"사막 지대의 기적이지. 이 부근에서 참외를 먹으면 이렇게 차가워."

"으음……."

연호제의 말에 딱히 반발심이 든 건 아니었지만, 채빈의 뇌리에도 한 가지 근거가 스쳐 가는 게 있었다.

언젠가 수능대비 과학 공부를 하던 때가 떠올랐다. 생각의 꼬리를 쫓던 채빈은 기어코 손가락을 튕기며 연호제에게 설명했다.

"이건 기적이 아니야."

"무슨 뜻이지?"

"물은 증발되면서 열을 빼앗아가거든. 여긴 엄청나게 덥고 습도도 거의 없잖아. 이런 데서 참외를 자르니까 한 번에 확, 하고 수분이 증발하는 거지. 그 때문에 열이 날아가면서 참외가 이렇게 차가워지는 거고. 단순한 원리야."

"아아……."

연호제는 두 눈을 동그랗게 떴다. 채빈의 과학적인 설명을 음미하듯 입안의 참외를 천천히 씹으며 그녀가 말했다.

"기적이 아니었군. 그대의 해박한 지식에 감탄했다."

"감탄할 정도는 아니고……."

"그대가 달라 보인다."

"하하하."

채빈은 머쓱해져 뒷머리를 긁으며 고개를 딴 곳으로 돌렸다. 솔직히 썩 괜찮은 기분이었다.

스스로 생각해도 유치한 우월감마저 조금 들었다. 뭐, 이 정도야 현대에 태어난 사람으로서 누릴 수 있는 메리트쯤으로 여기면 되겠지. 채빈은 그렇게 생각하고 말아버렸다.

"참외, 더 줄까?"

"어, 맛있다."

"잠깐 기다려."

두 사람은 가져온 참외를 모조리 맛있게 먹었다. 거의 대부분은 채빈의 뱃속으로 들어갔다.

이윽고 채빈은 빵빵해진 배를 어루만지며 차에 기대어 심호흡을 했다.

"진짜 배 터지게 먹었다. 이만 가봐야겠어."

"벌써?"

"어, 던전 공략도 해야 하고."

채빈은 이제 하나 남은 칸체레 수도원의 공방 던전을 떠올리고 있었다. 예정대로라면 이미 공략했어야 했다.

집 문제로 석대를 만나러 지방에 내려가느라고 이 순간까지 본의 아니게 미뤄온 참이었다.

연호제를 만나러 오기 전에 두 정령에게도 말해 두었으니 지금쯤 마왕성에서 목 빠지게 자신을 기다리고 있을 터였다.

운디네로부터 왜 이렇게 늦게 왔냐며 잔소리를 들을 일이 채빈은 벌써부터 조금 두려웠다.

운전을 가르치는 일이라고 해도 여자와의 약속이었으니 반드시 잔소리를 해댈 것이다.

두 사람은 스포츠카와 함께 마법진을 통해 사막 지대를 벗어났다. 마왕성의 보관소에서 나오는 도중 연호제가 불쑥 말을 꺼냈다.

"요즘 던전 밖의 로쿨룸에 대해서도 아나?"

"던전 밖? 아니, 안 나가봤는데 왜?"

"던전 공략 때문에 최근에 들렀었는데 상태가 좋지 않았다. 아무래도 큰 전쟁이 벌어질 조짐이야."

"전쟁?"

"왕국의 여러 마을들은 쑥대밭이 됐더군. 뭐, 그대나 나 하고는 관계없는 일이지. 그런 얘기다."

연호제의 말은 거기에서 끝났다. 그러나 채빈의 상념은 그 뒤로도 이어져 집에 돌아올 때까지 계속되었다.

'괜찮겠지.'

채빈의 머리를 가득 채우고 있는 것은 엘리아 모빅의 얼굴이었다.

전쟁 속에서 그녀는 무사하게 잘 지내고 있을까.

그간 일에 쫓겨 거의 생각도 하지 않고 있었는데 연호제의 말로 인해 모든 기억이 생생하게 되살아나고 있었다.

헤어지기 직전 실수로 입술을 맞췄던 일까지.

'공방 던전 공략하고 나면 한 번 들러봐야겠다.'

생각만큼 발걸음도 빨라지고 있었다.

연호제의 마왕성을 벗어나 서울대공원 동물원에 도착한 채빈은 서둘러 스쿠터를 타고 집으로 돌아왔다.

"어서 오세요, 형님."

프라이어가 홀로 방을 지키고 있다가 일어나 채빈을 맞았다.

"별일 없었지?"

"네, 출판사에 다음 권 원고 보낸 참입니다."

"네가 최고다. 다음 권부터 작가명에 프라이어라고 써라."

"부끄럽습니다."

"근데, 운디네는?"

"마왕성에 들어가 있습니다. 요즘 드미트리 씨와 체스를 두는 재미에 푹 빠져 있습니다."

"그렇게 잡아먹을 것처럼 으르렁거리더니만. 근데 어쩐지 안 어울려. 운디네가 그런 얌전한 스포츠를 즐긴다는 게 말이지."

"제 생각도 그렇습니다."

"가자."

채빈도 프라이어를 데리고 마왕성으로 진입했다.

본성 앞 공터에 자리를 깔고 드미트리와 운디네가 체스를 두고 있었다.

드미트리는 자리에서 일어나 채빈에게 인사를 건넸지만, 운디네는 씩씩거리며 체스판만 들여다보고 있었다.

"잘 안 풀리는 모양인데요."

"놔둬. 조용해서 좋지."

"아, 형님, 시그너스 아머 확인하시지요."

프라이어가 채빈에게 시그너스 아머를 건넸다. 채빈이 반가운 얼굴로 받아들었다.

"그래, 이거 강화 부탁했었지. 얼마나 강화됐어?"

"맡겨주시지요. 잠시 실례."

멀찍이 앉아 있던 드미트리가 손을 들어 올렸다. 시그너스 아머가 채빈의 손을 벗어나 그의 손으로 빨려들었다.

드미트리의 손아귀에서 거대한 말풍선이 떠올라 마왕성의 허공을 가득히 채웠다.

〔시그너스 아머(+9)〕

종류:방어구 등급:7등급
방식:마나연동형 방어력:116(80+36)
착용제한:3서클 이상의 마나

부가효과:레비테이션 윙(기본), 사용시간 4분 추가(B등급), 프로스트 바(B등급), 시그너스 빔(B등급), 시프트(+4), 버스터(+7)

"이야, 7등급 9강을 만든 거야?"

"그렇지만 도서관 던전에서 얻은 축석과 보호석은 전부 써버렸습니다. 죄송합니다."

"야, 어차피 운빨로 되는 건데 뭐가 죄송해."

"사실 그때 집 문제로 지방에 내려가기 이전에 완성되어 있었던 겁니다."

"오호, 이거 대단하네."

채빈은 감탄을 거듭하며 7등급으로 부쩍 강해진 시그너스 아머를 꼼꼼히 살폈다.

방어력이 대폭 상승했고, 8등급일 때 생겨났던 부가효과들도 틀림없이 그대로 남아 있었다. 7등급이 되면서 새로이 생겨난 두 가지의 부가효과도 채빈의 시선을 잡아끌었다.

"시프트랑 버스터는 뭘까. 한 번 테스트를 해봐야지."

채빈은 그 즉시 시그너스 아머를 불러와 온몸에 장착했다. 그리고 새로이 생겨난 부가효과의 비전을 뇌리로 떠올렸다.

"이야, 이건 정말 간단한 거네."

두 가지 모두 직선적이고 이해하기 쉬운 기술이었다.

시프트는 레비테이션 윙과 혼합해서 사용할 수 있는 일종의 이동기라고 볼 수 있었다.

이 기술을 사용하면 빠르고 순간적인 회피와 방향전환이 가능해지는 것이다. 그리고 버스터를 사용하기 직전의 예비동작으로 마나를 응축시키는 데에도 활용하는 중요한 기술이었다.

그리고 버스터는 시프트로 마나를 응축한 다음 시그너스 아머의 건틀렛 즉, 두 주먹 부위에서 격발시키는 기술이었다.

"맞다. 오늘치 속성수련실 아직 안 썼구나."

어차피 시그너스 아머를 발동시켰으니 다음 재사용시간까지는 기다렸다가 던전에 들어가야 했다.

채빈은 속성수련실에 들어가 시그너스 아머의 고유기술들을 하나씩 차례대로 연습했다.

시그너스 아머의 사용시간이 끝난 다음엔 그간 익힌 무공들을 수련하며 나머지 시간을 활용했다.

"좋아, 이 정도면 다 파악됐어."

기술을 모두 몸에 익히자 채빈은 참을 수가 없어졌다. 한시바삐 던전에 들어가 시그너스 아머의 비기를 사용하고 싶은 마음이었다.

"쿨타임 찼다! 들어가자!"

채빈은 두 정령을 이끌고 던전관리소로 들어섰다.

길고도 험난했던 칸체레 수도원의 마지막 던전이었다.

빛에 휘감기는 마법진 밖에서 드미트리가 손을 흔들어 채빈 일행을 전송하고 있었다.

『이계마왕성』 7권에 계속…

화보부록

이계
마왕성

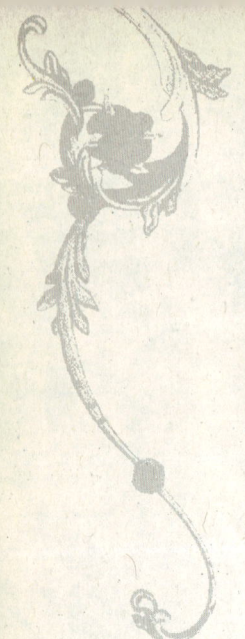

이계
마왕성

이제부터 전자책은

이젠북

www.ezenbook.co.kr

새로운 세계가 열린다!

서현 『조동길』[N]　남운 『개방학사』[N]　백연 『생사결』[N]
목정균 『비뢰도』　좌백 『천마군림』　수담옥 『자객전서』
용대운 『천마부』　설봉 『도검무안』　임준욱 『붉은 해일』
진산 『하분, 용의 나라』　천중화 『그레이트 원』

이름만 들어도 황홀할 정도의 별들의 향연!

이들의 "유료연재"가 시작됩니다!

검색창에 **이젠북** 을 쳐보세요! ▼ 🔍　

무정철협

월인 新무협 판타지 소설

FANTASTIC ORIENTAL HEROES

「두령」, 「사마쌍협」, 「장홍관일」의 작가 월인
2013년 벽두를 여는 신무협이 온다!

삭초제근(削草制根)!
일단 손을 쓰면 뿌리까지 뽑아버렸다.

무정(無情)!
검을 들면 더 이상 정을 논하지 않았다.

그래서 나는 무정철협이 되었다.

진정한 협(俠)을 아는가!
여기 철혈의 사내 이한성이 있다!

「무정철협」

Book Publishing CHUNGEORAM

유행이 아닌 자유추구 -
WWW.chungeoram.com

까불지마!

FUSION FANTASTIC STORY

무람 장편 소설

『태클 걸지 마!』의 무람 작가가
풀어내는 신개념 현대판타지 소설!

24살의 대한민국 청년, 강태영
타고난 병으로 인해 온몸의 근육이 힘을 잃어가는 그가 부모마저 잃었다!

"제기랄! 이 빌어먹을 몸뚱이!"

좌절하여 모든 걸 포기하려던 바로 그날.

쫘르르릉! 번쩍!
강태영을 향해 떨어진 푸른 날벼락.
그리고 그가 눈을 떴을 때
그를 기다리고 있는 것은……

**날 비참하게 만들던 세상이여
더 이상 까불지 마라!**

Book Publishing CHUNGEORAM

유행이 아닌 자유추구 -
WWW.chungeoram.com

ALCHEMIST
알케미스트

FUSION FANTASTIC STORY 시이람 장편 소설

2013년, 또 하나의 현대물이 깨어난다.
현대에서 펼쳐지는 연금마법진의 진수!

인간 최초의 9서클을 이룩한 마법사 아스란.
죽음의 위기에서 그가 남긴 유지가
차원을 넘어 지구에 떨어진다.

일리미트 비블리어시카(Illimite bibliotheca)!

그 무한한 힘과 지식을 얻게 된 김창준.
3년 전으로 돌아간 날을 기점으로,
삶이, 인생이, 그의 희망이 바뀐다!

**현대에 강림한 진정한 마법사의 전설!
끝도 없이 세상을 향해 날개를 펼치다!**

Book Publishing CHUNGEORAM
유행이 아닌 자유추구 -
WWW.chungeoram.com